Eduard Boehmer

Ueber Dante's Schrift de vulgari eloquentia

SALZWASSER
VERLAG

Eduard Boehmer

Ueber Dante's Schrift de vulgari eloquentia

Unveränderter Nachdruck der Originalausgabe von 1868.

1. Auflage 2022 | ISBN: 978-3-37506-276-7

Verlag: Salzwasser Verlag GmbH, Zeilweg 44, 60439 Frankfurt, Deutschland
Vertretungsberechtigt: E. Roepke, Zeilweg 44, 60439 Frankfurt, Deutschland
Druck: Books on Demand GmbH, In de Tarpen 42, 22848 Norderstedt, Deutschland

Ueber **Dante's** Schrift

de vulgari eloquentia.

Nebst

einer Untersuchung des Baues der Danteschen Canzonen.

Von

Eduard Boehmer.

Halle,

Verlag der Buchhandlung des Waisenhauses.

1868.

Die beiden Bücher *de vulgari eloquentia* [1]) scheint Dante, der schon in seinem *Convivio* (1, 5) die Absicht geäussert hatte, diesem Gegenstande eine eigne Schrift zu widmen, in den Jahren 1304 bis 1306 in Bologna ausgearbeitet zu haben. Dort hielt er sich vermuthlich auf, nachdem der im Juli 1304 mit Hülfe der Bologneser [2]) gemachte Versuch der Florentiner Verbannten, in ihre Vaterstadt mit Gewalt zurückzukehren, gescheitert war.

Das zweite Buch dieser Schrift ist, wie der Anfang desselben zeigt, nach einer Unterbrechung dem ersten gefolgt. Der Umstand, dass der Verfasser in dem ersten Buch (Kp. 18) gelegentlich erwähnt, eine kaiserliche Hofhaltung sei zur Zeit in Italien nicht vorhanden, beweist nur soviel, dass dasselbe vor dem Römerzuge Heinrichs von Luxemburg, der zu Ende 1309 unternommen ward, abgefasst ist; [3]) aber die Erwähnung des Markgrafen Johannes I. von Montferrat, als eines noch Lebenden (1, 12), gestattet, da derselbe Anfang 1305 starb, [4])

---

1) Neueste Ausgabe in Fraticelli's *Opere minori di Dante.* 2ª ed. vol. 2. 1861. Vgl. einige Textverbesserungen von mir im Jahrbuch der deutschen Dantegesellschaft. Bd. I. 1867. S. 393—95.

2) *Annales Parmenses maiores* in den *Monum. Germaniae* t. 18. p. 732.

3) Fraticelli *Opere minori di Dante.* vol. 2. p. 136.

4) Er ist 1292 zur Regierung gekommen, hat am 18. Januar 1305 sein Testament gemacht, und ist am 9. März schon eine Zeitlang todt gewesen. Johann II. regierte erst nach Dante's Tod. Benvenuto di San Giorgio, Gesch. v. Montferrat in Muratori *Rer. Ital. script.* t. 23. col. 408. sq. Ueber des Markgrafen Kriegszüge im Mai und November 1304 s. *Annal. Parm. mai.* a. a. O. p. 730. 732. Ebend. p. 731 über den Estenser, den Dante hier mit jenem zusammen erwähnt, die Notiz, dass er im Sommer 1304 der Gewalt weichend einen Landstrich wieder hergab, den er dem Erzbischof von Ravenna entrissen.

die Abfassungszeit dieses Buches enger zu begrenzen. Im
Sommer 1305 hat Dante wahrscheinlich eine Reise in poli-
tischen Angelegenheiten gemacht. Nach Bologna zurückgekehrt,
ging er an das zweite Buch seines Werkes. Durch die Ver-
treibung der verbannten Florentiner aus Bologna am 1.
März 1306 wird die Arbeit ins Stocken gerathen sein, und ist, da
neue Aufgaben an den Verfasser herantraten, wohl gar nicht
wieder von ihm aufgenommen worden.

Seine Absicht, sagt Dante zu Anfang der Schrift, sei
die, über die Volkssprache zu handeln, die, so unentbehrlich
sie allen sei, nicht bloss Männern, sondern auch Weibern und
Kindern, doch noch von Niemand bearbeitet worden. Dass er
der erste sei, der sich dies Thema wähle, spricht er also hier
ähnlich wie bei seinem Buche über die Monarchie aus. Als
Volkssprache könne man kurz diejenige bezeichnen, welche
wir ohne alle Regeln mit der Milch empfangen. Ausser dieser
primären gebe es eine secundäre Redeweise, die von den
Römern die grammatische genannt werde. Eine solche finde
sich auch bei den Griechen und bei andern Völkern, aber
nicht bei allen (nämlich nicht bei denen, welche keine Lite-
ratur besitzen und also auch keinen schriftstellerischen Ausdruck ausbilden), und zur Uebung in ihr gelangten nur wenige
Leute, weil dazu längere fleissige Vorbereitung erforderlich
sei. Diese Unterscheidung zwischen der grammatischen und
der vulgären Sprache fand Dante bereits vor. Die älteste

---

1) Aus der Stelle über die Magnificentia und allgemeine Beliebt-
heit des Markgrafen von Este (Kp. 6) lässt sich kein Schluss ziehn hinsichtlich des Zeitpunctes, bis zu welchem das zweite Buch geschrieben
gewesen sein muss. Ohne Zweifel ist der auch im ersten Buch erwähnte
Azzo VIII. gemeint, welcher, 1293 zur Regierung gekommen, im
Februar 1308 starb. *Ann. Parm. mai. l. c. p.* 711. 743, und über
dessen Freigebigkeit ebd. p. 714 berichtet wird gelegentlich eines Hof-
festes, das er 1294 gab, *que quidem curia in Lombardia magna ger-
mina germinavit, cuius flores et fructus nundum finem habuerunt* —
die Chronik reicht bis 1335. Jene Stelle bei Dante scheint nun allerdings während des Lebens dieses Azzo geschrieben zu sein, aber sie
ist, wie aus Dante's Worten ganz offenbar ist, nicht von Dante, sondern von einem andern verfasst, und konnte Dante dieselbe natürlich
auch nach Azzo's Tode als sprachliches Beispiel brauchen.

Grammatik, die über eine der Romanischen Sprachen vorhanden ist, der aus dem 13. Jahrhundert stammende Donats Proensals von Uc Faidit beginnt: „Die acht Redetheile, die man in der Grammatik findet, findet man auch im Provenzalischen Vulgare, nämlich Nomen, Pronomen, Verbum" u. s. w. [1])

Dante fährt fort: von diesen beiden Sprachformen die *nobilior* sei die vulgäre, sowohl weil sie am frühesten gebraucht worden sei, als auch weil man sich überall ihrer bediene, wenngleich sie in Aussprache und Wortschatz Mannigfaltigkeit zeige, als auch endlich weil sie uns natürlich sei, während jene vielmehr etwas künstliches sei. Man könnte glauben, dass der erste Grund der *nobiltà*, welchen Torri aus nur einer Handschrift, in welcher er freilich von derselben Hand am Rande nachgetragen war, in den Text eingeschoben hat, nicht echt sei, da Dante in der Canzone *Le dolci rime* so entschieden gegen die Ansicht auftrete, dass in der Definition des Adels [2]) die Zeit eine Rolle spiele, allein wir werden uns doch darein finden müssen, dass hier Dante von einem andern Gesichtspunkt ausgeht. Es ist nicht einzusehn, warum er nicht in der Länge der Zeit, während welcher die Volkssprache besteht, einen Beweis ihrer Nobilität sehn sollte, da ihm für diese doch jedenfalls die räumliche Ausdehnung, in der sie vorhanden ist, spricht, die Thatsache, dass es Volkssprache gibt so weit Menschen leben. Auch mit den Auseinandersetzungen des Convivio stimmt das hier von Dante Behauptete nicht völlig. Dort nämlich entwickelt er (1, 5): das Lateinische sei edler, zweckmässiger und schöner als die

---

1) *Las oit parts, que om troba en gramatica, troba om en vulgar proensal, so es nom, pronom, verbe* u. s. w., was die alte lateinische Uebersetzung so wiedergibt: *Octo partes orationis, quae inveniuntur in grammatica, inveniuntur in vulgari provincialis linguae, pro maiori parte, videlicet: nomen* etc. *Grammaires provençales de Hugues Faidit et de Raymond Vidal de Besaudun.* 2e éd. par Guessard. Paris 1858. p. 2 f.

2) *gentilezza*, welchem Worte gleichbedeutend *nobiltà* gebraucht wird schon in Stanze 5 der Canzone, dann in der Erklärung *Convivio* 4, 19, wo die Worte der Canzone *è gentilezza dovunque virtute* so ausgedrückt werden: *dovunque è virtù, quivi è nobiltà.*

1*

Volkssprache: schöner, weil selbst das schöne Vulgäre
der Gewohnheit folge, das Latein aber der Kunst; zweckmässiger *(più virtuoso)*, da das Vulgäre viele Gedanken nicht
ausdrücken könne; edler endlich, sofern es, während das
Vulgäre unbeständig und vergänglich sei, unvergänglich und
fest bleibe. Sei doch unser Latein immer noch dasselbe wie
das, welches wir in den alten Schriftstellern finden, das Vulgäre aber lege schon nach fünfzig Jahren manche Worte und
Wendungen ab, und wenn Jemand, der vor tausend Jahren
gelebt, jetzt in seine Heimath zurück käme, er würde glauben,
ein Volk fremder Zunge habe dieselbe eingenommen. Dort
also sagt Dante ausdrücklich, das Latein sei *più nobile*
als das Vulgäre, hier sagt er ebenso ausdrücklich, die Vulgärsprache sei *nobilior* als das Latein. Indessen kommt der Wider-
spruch nur aus verschiedener Anwendung des Wortes *nobilis*,
nicht etwa daraus, dass Dante seine Beobachtungen über die
Eigenschaften der Grammatik einerseits und der vulgären
Sprache andererseits irrig gefunden. Denn auch hier hebt er
hervor, dass die lateinische Schriftsprache beständiger sei als
die vulgäre (1, 9), und stellt die lateinischen Dichter als
Muster zur Nachahmung für die in vulgärer Sprache Dichten-
den hin (2, 4. 6),[1] und ebensowenig hatte er in der früheren
Schrift in Abrede gestellt, dass das Vulgäre älter, verbreite-
ter, und natürlicher sei, vielmehr hatte er dies dadurch anerkannt, dass er das Lateinische als Kunstsprache bezeichnete,
denn die Kunst ist, versteht sich, jünger und weniger allgemein als die menschliche Natur. Also nach wie vor stellt
er das Vulgäre minder hoch als das Lateinische. Wenn er
nun gleichwohl ausdrücklich erst diesem grössere Nobilität
zuschreibt, dann jenem, so ist damit keine widersprechende
Werthbestimmung gegeben, sondern etwa dieselbe Verschieden-
heit der Bedeutung von *nobilis* in Anwendung gebracht, die das
Wort im Lateinischen hat, wo es nicht blos edel, sondern
auch, und zwar ursprünglich, bekannt heisst (sowohl berühmt,

---

1) Womit er, wenn man die bei anderer Gelegenheit (2, 3) von
ihm gemachte Bemerkung: *quicquid per se ipsum efficit illud, ad quod
factum est, nobilius esse videtur quam quod extrinseco indiget,* anwendet, das classische Latein als *nobilius* anerkannt hat.

als berüchtigt). Dante hatte sich also überzeugt, dass er mit Unrecht im Convivio (4, 16) behauptet hatte: *nobile* komme von *non vile*, und keineswegs von *noscere*.[1]) *Nobilius* ist ihm nunmehr einerseits das Vulgäre, sofern es allgemein bekannt und gebräuchlich ist, andererseits die Kunstsprache als das Angesehenere, Höherstehende. Doch ist unverkennbar, dass Dante gerade diese Wendung wählt, um von dem Glanze des Namens *Nobilitas* etwas auf die Volkssprache fallen zu lassen, die er vor der Geringschätzung bewahren will. Es ist eine *captatio benevolentiae* am Eingange des Buches, das sich an die Gelehrten richtet. Wie er in der italienischen Schrift *Convivio* das Lateinische preist, so nimmt er in der lateinischen *de vulgari eloquentia* sich des Italienischen an.

Auf die Babylonische Verwirrung weist auch die Sprachverschiedenheit in Europa ihn zurück. Hier sind drei Idiome zu unterscheiden, deren jedes wieder in verschiedene *Vulgaria* auseinander ging. Die nördliche Gruppe befasst Slaven, Ungarn, Deutsche (*Teotonicos*, Oberdeutsche), Sachsen (Niederdeutsche), Engländer und andre; der gemeinsame Ursprung zeigt darin, dass fast alle diese Völkerschaften mit dem Wörtchen *Jo* versichern. Zweitens die Griechen. Endlich das dritte Idiom, dasjenige, welches wir heutzutage die Romanische Sprachfamilie nennen. Dante setzt drei Abtheilungen derselben an, je nachdem bejaht wird mit *Oc*, mit *Oïl*, mit *Si*. Mit *si* bejahen die Lateiner, d. h. wie er sie auch abwechselnd nennt, die Italer; Latium bedeutet bei ihm Italien. Mit *oïl* die Franken, aus ihrer Sprache hat sich das gegenwärtige Französisch entwickelt. Die *langue d'oc* ist die Sprache der Provence und Kataloniens, die, wie Dante sagt, von den Spaniern gesprochen wird. Wie die Franken für die *langue d'oïl*, so nennt er für die *langue d'oc* die Spanier hier nur beispielsweise.[2]) Und wo er nachher (2, 12) gelegentlich sagt, auch die Spanier wendeten die nur aus elfsilbigen Versen bestehende

---

1) Isidori orig. 10, 184: *nobilis non vilis, cuius et nomen et genus scitur.*

2) *Alii oc, alii oïl, alii si affirmando loquuntur, utputa Hispani, Franci et Latini.* 1, 8. *Utputa* heisst zum Beispiel, wie Kp. 10 u. 12 und sonst.

Stanze an, „ich meine diejenigen Spanier, die in der vulgären
langue d'oc gedichtet haben,“ scheint er an andere Spanier
zu denken, die ein anderes Vulgare sprechen, an die Castilier,
welche mit *sì* bejahen. In allen drei Sprachgebieten des Romanischen Idioms hebt Dante den einflussreichsten Volksstamm
hervor. Führte man doch auch die von uns so genannte provenzalische Sprache auf katalonischen Ursprung zurück. [1]
Dante konnte kurzweg die Troubadoursprache Spanisch und
die *langue d'oïl* Französisch nennen, mit ungefähr demselben
Recht, mit welchem ein provenzalisches Gedicht aus dem drei-
zehnten Jahrhunderts [2]) sagt: „Welche von beiden sind mehr
werth, Katalanen oder Franzosen? Und setze ich auf jene
Seite Gascogne und Provence und Limousin, Auvergne und
Viennois, und auf diese das Land der beiden Könige,“ und
weiterhin: „gar wohl könnt ihr in Poitou oder in Frankreich
Hungers sterben, wenn ihr einer Einladung vertraut.“ —
Provinciales nennt Dante die in Südfrankrrich Wohnenden 1, 8
am Schluss. Vgl. *Convivio* 1, 6 Schluss, und Kp. 11: *fanno
vile lo parlare Italico e prezioso quello di Provenza.* Ebd.
Kp. 10: *lingua d'oco*; dieselbe Benennung neben *lingua di sì*
schon *Vita nuova* 25.

Dass diese drei Vulgärsprachen aus einem und demselben Idiom hervorgehn, zeigt sich, wie Dante bemerkt, darin,
dass die Benennungen von fast Allem in diesen Sprachen dieselben sind. Dass aber diese Mehrzahl von Sprachen vorhanden
ist, kommt daher, weil nach der Babylonischen Verwirrung die
Sprachbildung dem Menschen überlassen war, dieser aber ein
höchst veränderliches Wesen ist. Nur die Ursprache war ihm
Gott angeschaffen, sie aber war zu Babel vergessen worden. von
In der Uebereinstimmung der Romanischen Sprachen zeigt
sich ein Widerstreben gegen jene Babylonische Verwirrung.
Der nothwendig immer mehr um sich greifenden Zerfahrenheit
der Sprachen wird ein Gegengewicht gegeben durch die Gram-

---

1) Vgl. Ebert in seinem Jahrb. 2, 24⁷ f.
2) Bei Raynouard: *Choix des poésies des troub.* 4, 38 f. Diez,
Grammatik 1, 104, citirt dies Lied wegen jener Eintheilung der Völker
Frankreichs, und zwar auch in Verbindung mit dieser Stelle aus Dante.

matik, welche nichts andres ist, sagt Dante, als eine gewisse
Identität unabänderlicher Sprechweise. Also *grammatica* ist
hier nicht die *ars*, sondern die *lingua*. Sie wurde erfunden,
damit die Lehren und Thaten der Früheren, sowie der durch
den Raum von uns Getrennten, uns nicht gänzlich oder gröss-
tentheils unbekannt seien.

Es ist klar, dass Dante die Lateinische Schriftsprache
nicht für die Mutter der Romanischen Sprachen hält, und dass
er jenes Lateinische für ein Kunstproduct hält, die Romanischen Sprachen aber, so wie deren gemeinsame Grundsprache
mehr für Naturproducte. [1]

Indem nun Dante abwägt, welcher der drei Romanischen
Sprachen der Vorzug zu ertheilen sei, scheint ihm am meisten
ins Gewicht zu fallen, dass das Italienische der gemeinsamen
Grammatik, d. h. dem classischen Latein, am nächsten stehe,
schon in Beibehaltung der Affirmationspartikel *sio*. Die *langue*
d'oil rühme sich, dass wegen ihrer Leichtigkeit und Anmuth
Alles, was in vulgärer Prosa von Herübergenommenem sowie
von neu Erfundenem vorhanden, ihr angehöre, z. B. die Fahr-
ten des Königs Artur. [2] Die *langue d'oc* dagegen führe für

---

1) Vgl. über den jetzigen Stand der Frage nach dem Verhältniss
der Romanischen Sprachen zum Lateinischen: Schuchardt, der Vokalis-
mus des Vulgärlateins. Bd. I. 1866. S. 44 f.

2) Vgl. *Leys d'amors* (hrsg. von *Gatien-Arnoult*, Toulouse 1841
—43: *Monumens de la littérature Romane* t. 1—3) 1, 12 „In Prosa
geschriebene Erzählungen *(novas escrichas en comtans)*, so edel und
gut sie sein mögen, wie der Roman vom heiligen Gral, und andere
viele, gehören nicht zu dieser Kunst (des *trobar*), weil sie nicht Tact
oder Mass von Silben oder Reimen haben *(no teno compas ni mesura*
de sillabas ni de rims).“ Von Arnaut Daniel heisst es bei Dante
Purg. 26, 118: *Versi d'amore e prose di romanzi soperchiò tutti* d. h.
er machte bessere Liebeslieder und erzählte in Prosa besser als irgend
Jemand (übrigens ist mit *tutti* gemeint: *tutti i versi e tutte le prose)*.
Dante theilt *Vulg. eloq.* 2, 1 das *Vulgare illustre* in prosaisches und
metrisches ein; Metrum bedeutet ihm die Verszeile (s. das dort gleich
folgende *versificantes* und 2, 11), also unmetrische Rede ist ihm was
auch wir jetzt gewöhnlich Prosa nennen. Dasselbe meint er mit *prosa*
in der *Vita nuova 25.* — Daher W. Wackernagel, Altfrz. Lieder 1846
S. 238 das *ad vulgare prosaicum* in der oben hier besprochenen Stelle
der *Vulg. eloq.* (1, 10) unrichtig erklärt: „in den unstrophischen Formen der Epik.“

sich an, dass in ihr, als der vollkommneren und süsseren Sprache zuerst in Versen gedichtet worden sei, von Pierre d'Auvergne und andern. [1] Das Italienische bringe ausser der grösseren Verwandschaft mit der Grammatica auch den Anspruch vor, dass ihm diejenigen angehören, welche in der Volkssprache süsser und subtiler Gedichte gemacht, z. B. Cino von Pistoja und dessen Freund, — Dante meint sich selbst. „Wer so niedrigen Verstandes ist," sagte er übrigens an einer früheren Stelle (1, 6), „dass er seinen Geburtsort für den schönsten unter der Sonne hält, dem soll auch freistehn, das eigene Vulgare, d. i. seine Muttersprache, allen vorzuziehn, und demgemäss zu glauben, dies sei das gewesen, welches Adam gesprochen. Wir aber, deren Vaterland die Welt ist, wie den Fischen die Fluth, wollen, obgleich wir aus dem Arno getrunken ehe wir Zähne hatten, und Florenz so sehr lieben, dass, weil wir es geliebt haben, wir ungerechterweise Verbannung leiden, mehr an den Verstand als an die Sinne die Schultern unsers Urtheils lehnen. Und wenngleich für unser Behagen oder die Befriedigung unsrer Sinnlichkeit kein angenehmerer Ort auf Erden ist als Florenz, so haben wir doch, indem wir die Bücher der Dichter und andrer Schriftsteller durchblättern, in denen die Welt im Ganzen und theilweise beschrieben wird, und indem wir die verschiedenen Lagen der Orte in der Welt und das Verhältniss dieser Orte zu beiden Polen und zum Aequatorkreise bei uns erwägen, anzuerkennen und sind der festen Ueberzeugung, dass es viele Gegenden und Städte gibt, die sowohl edler wie schöner sind,

---

1) Raimon Vidal im 13. Jahrh. in seinen *Rasos de trobar,* bei *Guessard gramm. provenç.* p. 71: *la parladura Francesca val mais et es plus avinens a far romans, retronsas e pastorellas, mas cella de Lemosin val mais per far vers et cansons et serventes.* Das Wort *retronsas* steht nur in der einen Handschrift, und zwar in der verderbten Form *retromas;* ich stelle daraus *retronsas* her, da eine solche Form mit o statt des gewöhnlichen oe durch die Formen *retroncha* und *retronchar* geschützt wird, *Leys d'amors* 1, 10. 206. 286. 346. Als französischen Ursprungs sieht auch Wackernagel p. 183 die Pastorellen und Retroangen an, indem er zugleich das Epos als französische Leistung bezeichnet gegenüber der Lyrik des Provenzalen; epische Dichtungen aber sind hier bei Vidal unter den „Romanen" zu verstehen.

als Toscana und Florenz, wo ich geboren und Bürger bin, und dass sehr viele (*plerasque*) Nationen und Völkerschaften eine hübschere und zweckdienlichere Sprache haben als die Italiener." Was er hier einen *utilior sermo* nennt, ist was er im *Convivio* als *più virtuoso* bezeichnet, d. h. fähiger der Bestimmung der Sprache, dem Gedankenausdruck, zu genügen. In dieser Hinsicht und für die hübschere Form der Sprache fand Dante am Italienischen noch viel zu thun. Dass Dante hier die Mängel der damaligen Vulgärsprache Italiens anerkennt, widerspricht keineswegs dem heftigen Tadel, den er im Convivio (1, 10 f.) gegen diejenigen ausspricht, welche dem Italienischen das Provenzalische vorzogen. Seine Ansicht ist: das Italienische leistet weniger als jenes, aber es vermag mehr als es selber leistet.

Dante wendet sich nun dazu, die Italienischen Dialekte, oder, wie er es ausdrückt, die Variationen des Lateinischen durchzunehmen. Er unterscheidet zunächst zwischen denen am tyrrhenischon und denen am adriatischen Meer, den Apennin als Grenze genommen. Auf jeder Seite desselben nennt er sieben Gebiete mit besonderen Dialekten, rechts Sicilien, Apulien, Rom, das Herzogthum Spoleto, Toscana, Genua, Sardinien, links Calabrien, Ancona, Romagna, Lombardei, das Trevisano mit Venedig (und Padua), Friaul, Istrien. Italien habe also, sagt er, nicht weniger als vierzehn Dialekte. Er meint aber nicht, dass man wohl noch mehre zählen könne, sondern diese vierzehn befassen ihm das ganze Italien. Das Bergamasco, welches man etwa vermissen könnte, rechnet er (Kp. 11) mit zum Mailändischen, und unter den dort noch erwähnten Nachbarn von diesen beiden meint er wohl die Piemontesen. Jene vierzehn aber, fährt er fort, befassen nun noch wieder in sich Variationen, z. B. in Toscana spricht man in Siena anders als in Arezzo, in der Lombardei in Ferrara anders als in Piacenza, ja in einer und derselben Stadt finden sich in verschiedenen Stadttheilen verschiedene Dialekte, z. B. in Bologna. „Weshalb, wenn wir die hauptsächlichen und die secundären und die subsecundären Variationen der Vulgärsprache Italiens in Rechnung bringen wollen, in diesem winzigen Winkel der Welt nicht nur tausendfache

Variation der Sprache herauskommt, sondern sogar noch mannigfachere." Wo wird nun das illustre, erlauchte Italienisch gesprochen?

Da die Römer glauben, dass sie allen vorgehen, so gibt er sein Urtheil zuerst über sie: ihr Kauderwelsch sei von allen Vulgärsprachen Italiens das elendeste, kein Wunder, da diese Stadt auch durch schlechte Sitten vor allen stinke. Mit einer Reihe anderer Dialekte macht der Kritiker ebensowenig Umstände, er citirt ein paar Spottlieder auf diesen und jenen Dialekt, nur hier und da führt er ein paar Worte aus dem Dialekt als hinreichenden Beleg der Verkommenheit desselben an. Er verwirft sämmtliche Mundarten der Gebirgsbewohner und Landbauern, die überall für das Ohr der Städtebewohner des mittleren Landes (das zwischen Gebirg und Küste an der Mitte der Flüsse liegt) eine zu rauhe Aussprache haben. Die Sarder, sagt er, scheinen gar kein eignes Vulgär zu haben, sondern nur der Grammatik nachzumachen, wie der Affe dem Menschen. Mit besonderer Achtung behandelt er, wie billig, das Sicilische. Alle Gedichte von Italienern, sagt er, werden sicilisch genannt, und viele Eingeborne der Insel sind würdige Sänger gewesen. Jene Benennung schreibe sich aus der Zeit her, wo, was die ausgezeichneten Geister ganz Italiens hervorbrachten, zuerst dort bei Kaiser Friedrich und dessen trefflichem Sohne Manfred gehört wurde. Jetzt sei es traurig bestellt mit den Italienischen Höfen, klagt er, indem er einige Fürsten namhaft macht. Das Sicilische selbst nun, wie es vom Mittelstande, der hierfür massgebend sein müsse, gesprochen werde, verdiene keineswegs bevorzugt zu werden, da es zu schleppend sei; z. B. *trageme d'este focora se t'estè a bolontate*, wo der Vorwurf auf die Wörter *focora* für *fochi* und *estè* für *è* gerichtet ist.[1] Dasjenige Sicilisch aber, das man im Munde der Vornehmen und in gewissen Canzonen finde, deren zwei er anführt, unterscheide sich gar nicht von dem besten

---

1) Nicht auf *trageme* (Imperativ für *trammi*), da auch Dante z. B. eine Canzone anfing *Traggemi* (wohl Präsens) *della mente Amor la stiva.*

Italiénisch, von dem nachher die Rede sein werde. Dante
kommt nun auf die Toscaner. In ihrer Thorheit, sagt er,
maassten sie sich auch das ausschliessliche Recht auf das *Vulgare illustre* an, und dieser Ansicht seien nicht bloss Plebejer,
sondern auch sehr viele berühmte Männer, unter welchen er
zuletzt den Brunetto Latini nennt. Wer aber die Schriften
dieser Männer untersuche, finde nicht höfisches, sondern nur
municipales Italienisch. Dante bringt einige Proben der Dialekte toscanischer Städte, [1]) obenan von Florenz, und sagt
dann: Obwohl nun fast alle Toscaner auf ihren Jargon versessen sind, so wissen wir doch von einigen, denen das reine
Italienisch (*vulgaris excellentiam*) bekannt gewesen, nämlich
Guido Cavalcanti, Lapo Gianni, und ein andrer, er meint wieder sich selbst, und ausser diesen drei Florentinern Cino von
Pistoja. Die Genueser fertigt Dante mit der Bemerkung ab:
wenn ihnen das Unglück begegnete, das Z ganz zu vergessen, so würden sie verstummen müssen, oder eine neue
Sprache lernen, denn jener Buchstabe, den sie recht hart
sprächen, mache den grössten Theil ihrer Sprache aus. Links
vom Apennin klinge das Romagnolische so weich, dass man
auch die Männer für Weiber halte, manches Lombardische
so rauh auch im Mund der Weiber, dass man glaube, Männer
reden zu hören. Auch die Venezianer hätten nicht die Ehre,
das gesuchte vornehme Italienisch zu liefern.

Umständlich spricht er über das Bolognische. Vielleicht,
sagt er, haben die nicht Unrecht welche behaupten, dass die
Bologneser schöner sprechen, wenn sie ihrem Vulgare etwas
hinzunehmen aus denen der umliegenden Städte Imola, Ferrara
und Modena, desgleichen vermuthlich alle ihre Nachbarn thun,[2])
wie Sordello von seiner Vaterstadt Mantua, die ja auch zwischen
drei Städten, Cremona, Brescia und Verona, liegt, nachgewiesen
hat, welcher so beredte Mann (auch in der Commedia hebt
ihn Dante hervor) nicht bloss in seinen Gedichten, sondern in

---

1) Bei der von Arezzo ist zu schreiben *ov elle* statt *ovelle.*
2) *Sicut facere quoslibet e* (dies wohl besser als a) *finitimis suis*
(d. i. *Bononiensium*) *coniicimus* (nicht *convicimus.* Das folgende *ostendit* steht in Beziehung auf *coniicimus.*)

jedwedem Reden das heimathliche Vulgare abgelegt ' hat.
Uebrigens bekommen die Bologneser von den Imolensern auch
Weichlichkeit, von den Ferraresen und Modenesen auch ein
gewisses Schnarren,[1]) das den Lombarden eigen ist. Letzteres, das von den Langobarden mitgebracht worden sein werde,
sei der Grund, weshalb aus Ferrara, Modena und Reggio
noch kein Dichter hervorgegangen sei, denn die Eingebornen
jener Städte seien so sehr an ihr Schnarren gewöhnt, dass
sie das höfische Italienisch nicht ohne Zuthat von Herbigkeit
annehmen können; und noch viel mehr gelte das von den
Parmesanen, die *morto* (was gut Italienisch t o d t bedeutet) für
molto (multum) sagen. Wenn also die Bolognesen von jeder Seite
her nur Etwas nehmen, so muss ihre Sprache durch Mischung
der Gegensätze anmuthig temperirt werden, was in der That,
meint Dante, geschieht, weshalb er dem Bolognischen unter
den municipalen Vulgärsprachen gern die erste Stelle zuweist.
Aber das höfische vornehme Italienisch sei es doch nicht, sonst
würden auch so viele treffliche Bologneser Dichter, die über
die Vulgärsprachen ein competentes Urtheil hatten, nicht von
ihrem heimischen Dialekt abgewichen sein: Guido Guinicelli,
welchen Dante in der *Vulg. eloq.* mehrmals als *maximus* her-
vorhebt und in der *Commedia* mit den höchsten Lobsprüchen
auszeichnet, ferner Guido Ghisliero, Fabrizio, Onesto. Die
besonders rücksichtsvolle Behandlung Bologna's erklärt sich
daraus, dass Bologna die Universitätsstadt Italiens, das
geistige Centrum der Halbinsel war. Und um so mehr musste
Dante um Anfang 1305, als er dies schrieb, Pietät gegen
Bologna hegen, da diese Stadt damals der Hort der Florentiner Verbannten war.

---

1) *garrulitas* kann hier nicht gleich *loquacitas* sein, sondern
muss eine Eigenheit der Aussprache bedeuten sollen. Dante denkt
wohl an Formen des Bologner Dialekts wie *arsponder (respondere)*,
arversar (reversare), *arsolver (resolvere)*. Dass Reggio sich damals
Argio sprach, zeigt die hebr. Schreibung אריין (היושבה) בעיר אריין.
(על נדר קרושטלו) in der Unterschrift eines dort geschriebenen
Pentateuch von 1274 p. C. im Besitz der Halle'schen Universitäts-
bibliothek. Noch in diesem Jahrhundert erschien ein *lunari Arsàn*
d. i. *Reggiano.* — Statt *monto* wird *morto* zu lesen sein; sagt man
doch jetzt noch in Parma *vreva* für *voleva* u. a. Aehnl.

Schliesslich bemerkt er, Trient und andrerseits Turin und Alessandria lägen den Grenzen Italiens zu nahe, als dass sie reine Sprachen haben könnten; und gesetzt den Fall, sie hätten ein Vulgare, das so schön wäre, wie es jetzt hässlich ist, so würde es doch wegen der fremden Beimischung (aus der *langue d'oc*) nicht ein Italisches sein.

Das vornehme Italienisch gehöre also keiner einzigen Italischen Provinz ausschliesslich an.[1] Es sei, wie die gemeinsamen Sitten und Bräuche, die durch die ganze Halbinsel sich finden und das Volk derselben von andern Völkern scheiden, in ganz Italien zu Hause. Doch könne geschehn, dass es in einem Dialekt mehr durchblicke als in einem andern, ähnlich wie ja das Göttliche mehr durchblicke im Menschen als im Thier, mehr in diesem als in der Pflanze. Dante wird, dem vorher Entwickelten nach zu urtheilen, das vornehme Italienisch am meisten durchzufühlen geglaubt haben im Bolognesischen. Illustre, erlaucht heisse dies Vulgare weil es selbst Licht empfange und Licht verbreite. In der That unter Lehrmeistern sei es gewesen. „Aus so viel rohen Italienischen Wörtern, aus so viel verdrehten Constructionen, so viel mangelhaften Aussprachen, so viel bäurischen Lauten sehn wir etwas so Ausgesuchtes, so Schlichtes, so Vollkommenes und Gebildetes erstanden, wie Cino von Pistoja und dessen Freund es in ihren Canzonen zeigen." Aber auch durch Macht strahle es. „Was ist mächtiger als was Menschenherzen wenden kann, so dass es den, der nicht will, willig macht, und den der will, unwillig? Wie jenes gethan hat und noch thut. Dass es aber durch Ehre erhebt, ist offenkundig. Besiegen seine Vertrauten nicht Könige, Markgrafen, Grafen und Magnaten jeder Art durch den Ruf? Das bedarf gar nicht des Beweises. Wie ruhmreich es seine Freunde macht, wissen wir selbst, die durch die Süssigkeit dieses Ruhms gefesselt, unsre Verbannung gering achten. Daher wir es billig als erlauchtes anerkennen." Dante war schon 1295 ausgezeichnet worden von Karl Mar-

---

1) Ueber das Bild vom Panther 1, 16 s. Vincenz von Beauvais *Speculum naturale* 19, 99. Vergl. in Giesebrechts u. meiner Zeitschr. Damaris 1865, S. 294.

tell, dem König von Ungarn, als derselbe sich einige Wochen in Florenz aufhielt; da der König noch in demselben Jahre starb, konnte er dem Dichter, wie Dante es (Par. 8, 55) ausdrückt, von seiner Liebe nicht mehr als das Laub zeigen. Dante's Gönner und Freunde waren dann die Grafen von Romena, der Herr Verona's Bartolomeo della Scala u. A. geworden.

Nachdem der Verfasser auseinandergesetzt, warum er von illustrem Italienisch rede, begründet er auch noch die andern Bezeichnungen desselben: *cardinale, aulicum, curiale*. Als das Cardinalvulgare sei dieses illustre anzusehn, weil, wie die Thür um die Angel, so um dieses sich alle municipalen Dialekte drehten; es stehe wie ein Familienvater inmitten derselben. „Rodet es nicht täglich Knorren aus im Italischen Walde? Nimmt es nicht täglich Pfropfungen oder Pflanzungen vor? Was anders treiben seine Ackerleute als täglich Hinzuthun und Hinwegthun?"[1]) Es zeigt sich in diesen Worten recht das Bewusstsein des Sprachbildners, der wirklich eine Arbeit thut, indem er die Sprache seines Volkes bildet. Dante begründet ferner, dass das illustre Vulgare auch das *aulicum* und *curiale* sei. Auch Parad. 25, 42. 43 versteht er unter *aula* die Localität, unter *corte*, denn das ist *curia*, die Gesammtheit der Vornehmen.[2]) Wir nennen beides den Hof, sowohl den Ort, wo der Fürst sich aufhält, als auch die Personen der Umgebung des Fürsten. Die Unterscheidung hätte Dante wohl gar nicht hervortreten lassen, wenn damals Italien einen gemeinsamen Fürsten in seiner Mitte gehabt hätte. Den Mangel beklagt Dante lebhaft und hofft noch auf baldige Abhülfe; er erwartet als den gemeinsamen Herrscher Italiens keinen andern als den Kaiser, der in Rom residiren soll.

---

1) Auf diese Weise geschieht es, dass das Vulgare sich durch Kunst fortbildet, *a piacimento artificiato si trasmuta*, wie es Conv. 1, 5 heisst.

2) Vgl. in den zu Dante's Zeit geschriebenen *Annal. Parm. mai.* a. a. O. p. 714: *eodem anno* [1294] *in festivitate omnium sanctorum domnus Aczo marchio Exstensis una com domno Franceschino fratre suo congregavit in civitate Ferarie maximam et honorabilem curiam omnium procerum civitatum Lombardie de amicis suis.*

Dante hat also ein praktisches Interesse, darauf hinzuweisen, welche Sprache in der Hofburg dieses zu erwartenden Kaisers herrschen müsse. Er hatte andererseits ein Interesse, darauf hinzuweisen, dass es der Edlen genug gebe, die diese Sprache schon hegten. Der Kaiser werde eine würdige Umgebung erlauchter Italiener schon bereit finden, er brauche sie nur aus allen Theilen des Landes zusammen zu rufen. Hören wir nun was Dante von dem Italienisch der Kaiserburg und der Hofleute sagt. *Aulicum*, Sprache der Hofburg, würde, wenn Italien eine gemeinsame Hofhaltung hätte, das erlauchte Italienische sein, wie überall in den königlichen Palästen das illustre Vulgare gesprochen werde. Wir sehn aus dieser gelegentlichen Aeusserung, dass Dante ganz analog auch in der *langue d'oc* und *langue d'oïl* eine illustre Sprache unterscheidet von den municipalen, und gewiss auch bei den andern Idiomen Europa's Entsprechendes voraussetzt. Weil wir, fährt er fort, keinen gemeinsamen Königshof haben, so muss unsere erlauchte Sprache auf der Wanderschaft sein und in bescheidenen Freistätten gasten. Auch *Curiale*, Sprache der Hofmänner, ist das erlauchte Italienisch; denn Höflichkeit, sagt er, ist nichts andres als die erwogene Regel für das was zu thun ist; und weil die Wage solcher Erwägung nur an den hervorragendsten Höfen (nur unter den Männern, die sich um die bedeutendsten Fürsten versammeln) zu sein pflegt, daher kommt es, dass alles, was in unsern Handlungen wohl erwogen ist, höflich heisst, *curiale* d. i. ital. *cortese*. Der Verfasser selbst sagt im *Convivio* (2, 11): „Höflichkeit und ehrenwerther Wandel (*onestade*) sind eins und dasselbe. Weil an den Höfen ehemals Tugenden und schöne Sitten üblich waren, wie heute das Gegentheil, entstand jene Benennung, und bedeutete Höflichkeit ebensoviel als Benehmen bei Hofe. Wollte man heutzutage jenes Wort von den Höfen ableiten, vornehmlich Italiens, es würde nichts anderes bedeuten als Schlechtigkeit (*turpezza*)." Dante fährt in der *Vulg. eloq.* fort: „Daher jenes Vulgare, weil es vom hervorragendsten Hofe der Italiener erwogen worden ist, das höfliche (höfische) genannt zu werden verdient. 'Allein," so wendet Dante selbst sich ein, „zu sagen: es sei am hervorragendsten Hofe der Italiener erwogen

worden, scheint Spass zu sein, da wir keinen Hof haben.
Darauf ist es leicht zu antworten. Denn wenngleich der Hof
in dem Sinne, in welchem man einen einzigen darunter versteht, nämlich den Hof des Deutschen Königs, nicht in Italien
ist, so fehlen doch hier die Glieder nicht, und wie die Glieder des ersterwähnten (des Deutschen Königshofes) durch den
Einen Fürsten vereint werden, so sind die Glieder dieses andern (des Italienischen Hofes) durch das huldreiche Licht des
Verstandes vereint. Daher es falsch wäre, zu sagen, die Italiener ermangelten eines Hofes, obgleich sie eines Fürsten
ermangeln; denn einen Hof haben wir, mag er auch körper-
lich zerstreut sein." Also der Hof ist vorhanden, nur nicht
versammelt.

Diese erlauchte, als Angelpunct alles Municipalen die-
nende, königliche und höfische Vulgärsprache ist endlich zu
bezeichnen als das Italienische Vulgare — *vulgare Latinum.*
Es ist ein Missverständniss, zu meinen, Dante wolle hier das
von uns sogenannte Latein als die eigentliche Nationalsprache
aller Italiener hinstellen. Das gewöhnlich sogenannte Latein ist
nach Dante's Anschauung die gemeinsame Sprache der sämmt-
lichen Romanischen Sprachen und ist ihm ein Kunstproduct;
er nennt es daher weder ein Vulgare, vielmehr ein Gramma-
ticum, noch auch Latein. Denn Latium ist ihm Italien, daher
Latinum vulgare die Sprache die wir Italienisch nennen, die
gemeinsame Sprache der ganzen Apenninenhalbinsel. Diesen
Gedanken erläutert er selbst nun deutlich genug. Er thut es
folgendermassen: Wie sich ein Vulgare findet, das Cremona
eigen ist, so findet sich eins, das der ganzen Lombardei eigen
ist, ebenso in noch weiterem Bereich eins, das der ganzen
linken Seite Italiens eigen ist, und so findet sich schliesslich
eins, welches ganz Italien eigen ist. Wie nun das ersterwähnte
den Namen Cremonisch führt, das zweite Lombardisch heisst,
das dritte Semilatium, so wird das, welches dem ganzen
Italien gehört, *Latinum vulgare* genannt. Dieses letzteren
haben sich die erlauchten Lehrer bedient, die in Vulgärsprache
in Italien gedichtet haben, Sicilier, Apulier, Toscaner, Roma-
gnolen, Lombarden, Männer aus beiden Marken (Trevigi und
Ancona) und wer sonst noch in diesen Dichterkreis gehört.

Dante wendet sich nun im zweiten Buch zur Betrachtung der Anwendung, die dieses Italienisch findet.

Da für die Prosa, bemerkt er, die gebundene Rede als Muster diene, und nicht, wie Einige annehmen, umgekehrt, so wolle er zuerst von dieser gebundenen handeln. [1] Man könnte nun, sagt er, glauben, dass alle, die im Vulgare dichten, sich des erlauchten bedienen sollten, weil doch jeder seine Verse möglichst schmuck machen solle, und weil das Beste, wenn es dem Geringeren vermischt werde, dasselbe verbessere, also jeder Versemacher, der sich der erlauchten Sprache bediene, seiner Unbildung dadurch abhelfe. Allein diese Vorstellungsweise sei durchaus unzutreffend, und nur für die ausgezeichneten Dichter sei die erlauchte Sprache. Sie fordere Männer die ihr entsprechen, wie das bei anderen Sitten und Bräuchen der Fall sei. Der Purpur fordert hohen Adel, so die erlauchte Sprache hervorragende Geister. Freilich soll jeder seine Verse schmücken, aber ein gesattelter Ochs oder eine gegürtete Sau sind nicht geschmückt zu nennen, vielmehr lächerlich verunstaltet, denn Schmuck ist das Hinzuthun von etwas Passendem. Und veredelt kann das Geringere durch das Höhere nur dann werden, wenn beide verschmelzen, wie Gold und Silber; wenn aber die Verschiedenheiten neben einander bestehn bleiben, so verliert das Geringere noch, z. B. hässliche Frauen zwischen schönen. Da nun aber der Gedanke der Dichtung trennbar von den Worten bleibt, so wird er, in erlauchter Redeweise ausgedrückt, ist er nicht der edelsten Art, nur um so dürftiger erscheinen, wie wenn ein hässliches Weib Purpur und Gold anlegt.

Dürfen nun also nur die ausgezeichneten Dichter sich des höchsten Vulgare bedienen, so fragt sich weiter, ob für jedweden Gegenstand? Nein, nur für die höchsten, lautet die

---

1) Ich lese: *quia, quod inventum est, prosaicantibus permanet firmum exemplar, et non e contrario, quod quidam videntur probare, primum ergo* — statt *quia quaedam videntur praebere primatum: ergo* —; das *versui* hinter *primatum* bei Fraticelli ist Conjectur. Uebrigens vgl. Isidori orig. 1, 37, 2: *Omnia enim prius versibus condebantur, prosae autem studium sero viguit.*

Antwort. Welches sind nun die höchsten Gegenstände? Der
Mensch hat dreierlei Leben, ein vegetabiles, ein animales, ein
rationales. Das Höchste, was er als vegetabiles Wesen er-
strebt, ist Selbsterhaltung, Unversehrtheit (*salus*); dem ani-
malen Leben geht nichts über Sinnenlust, dem rationalen
nichts über die Tugend. Daher sind Waffen, Minne, Tugend
die drei Gegenstände des erlauchten Vulgäre. Nur diese drei
Dinge sind in der That von den grossen Vulgärpoeten besungen
worden, auf Provenzalisch Waffen durch Bertran de Born,
Minne durch Arnaut Daniel, Rechtschaffenheit durch Guiraut
de Bornelh; auf Italienisch Minne durch Cino von Pistoja,
Rechtschaffenheit durch dessen Freund. Wer dieser Freund
ist, erhellt zum Ueberfluss aus dem Anfang der Canzone, die
der Verfasser beispielsweise, wie bei den andern, so auch bei
ihm anführt: *Doglia mi reca nello cuore ardire*, so beginnt
Dante's damals letzte Canzone. Er führt sie als Beispiel der
Dichtungsart an, die es mit der Rechtschaffenheit zu thun
hat, *rectitudo*, oder, wie er es kurz vorher bezeichnet hat,
der *directio voluntatis*, der Weisung des Willens zu dem was
das Rechte ist; und dass doch, so stumpfsinnig auch die einen
Hörer blieben, andere ihren Willen lenken liessen durch
seine Gedichte, dessen war sich, wie wir sahen, Dante mit
Stolz bewusst (1, 17). Nicht nur in jener Canzone diente er
diesem Ziel, vielmehr findet er darin das Charakteristische
seiner ganzen Poesie, dass sie die höchste Aufgabe für das
im Menschen Rationale behandle, während er seinen jüngern
Freund Cino den Pistojesen als Minnesänger hinstellt. Die
Minne nach ihrer sinnlichen Lust ist nach Dante's Anschauung
ein würdiger Gegenstand des erlauchten Vulgärs, doch nicht
der höchste. Er hat übrigens den Cino in einem Sonette (*Io
mi credea*) als einen Geniessling getadelt, der sich der wahren
Liebe entfremde, und denselben aufgefordert, sein Leben mit
seinen eignen süssen Worten in Einklang zu setzen. Nachdem
also Dante nach den drei Provenzalen, welche sich mit den drei
höchsten Aufgaben der Vulgärpoesie befasst haben, die beiden
Italiener angeführt, fügt er hinzu: „Die Waffen aber finde ich
von keinem Italiener besungen." Denn Virgils *Arma virumque
cano* erklang nicht in der Vulgärsprache, von der hier die

Rede. Erst nach Dante's Zeiten erstanden in Italien die Waffen-
sänger; Tasso's *Gerusalemme liberata* beginnt: *canto l'armi*.

Die dem erlauchten Vulgare und seinem würdigen Gegenstand entsprechende Form ist die Canzone. [1] Sie ist sich
selbst genug und steht deshalb über der Ballate, welche des
Spielmanns bedarf; dass aber die Ballate eine edlere Form
als das Sonett sei, werde von Niemand bezweifelt. Auch er-
wachse den Dichtern von Canzonen bekanntlich grösserer Ruhm
als denen von Ballaten; und trage man grössere Sorge dafür,
jene schriftlich aufzubewahren. Als die edelste poetische Form
erweisen sich die Canzonen auch dadurch, dass in ihnen die
ganze Dichtkunst zur Erscheinung komme, ohne dass darum
sämmtliche Canzonen echte Kunstwerke wären. [2] Aber Alles
was von den Gipfeln der erlauchten Dichterhäupter zu den
Lippen herabgeflossen ist, findet sich nur in Canzonen. Man
könne, sagt er an einem spätern Ort (2, 8), das Wort Canzone in weiterem Sinne nehmen, in welchem es auch Ballaten
und Sonette befasst, indessen gebrauche er es hier so, wie es
allgemein verstanden werde, für die höchste Form der Poesie.
Der Canzone eignet der „tragische Stil.“

Dieser Stil fordert gewichtige Gedanken, stolze Verse,
vornehmen Satzbau, gewählte Worte.

Was den Vers, d. h. die Verszeile (Dante nennt sie
metrum oder *carmen*), der Canzonen betrifft, so sei der elfsilbige
Vers der längste, der dreisilbige der kürzeste, der ihm, sagt
Dante, vorgekommen sei. Obwohl nun die Italienischen Dichter diese und alle zwischen denselben liegenden Längen in

---

1) Die *Leys d'amors* sagen 1, 340: „Canzone ist ein Gedicht,
welches fünf bis sieben Stanzen *(coblas)* enthält, und soll hauptsächlich von Liebe oder von Lob handeln mit schönen gefälligen Worten
und mit anmuthigen Wendungen *(am bels mots plazen et am graciozas
razos)*. Denn in einer Canzone darf man nicht irgend ein hässliches
Wort oder irgend einen gemeinen oder übelstehenden Ausdruck brauchen
(deguna laia paraula ni degu vilanal mot ni malpauzat). Denn eine
Canzone soll, wie gesagt, hauptsächlich von Liebe und von Lob handeln, und wer recht verliebt ist, soll nicht nur in seinem Benehmen
sich höflich *(cortes)* zeigen, sondern desgleichen auch in seiner Rede
thun.“

2) Dies liegt in *sed non convertitur hoc.*

Anwendung gebraucht, so seien doch der fünfsilbige, der siebensilbige und der elfsilbige Vers in häufigerem Gebrauch, und nächst ihnen der dreisilbige, der vorzüglichste aber von allen scheine der Elfsilber, denn er verlaufe in längerer Zeit und könne mehr Gedanken und Worte in sich aufnehmen, sei also gewichtiger als jeder kürzere. Dies scheinen, sagt der Verfasser, sämmtliche Meister erwogen zu haben, da sie die illustern Canzonen mit Elfsilbern anfangen, wie Guiraut von Bornelh: *Ara auziretz enchabalitz chantars.* [1]) Zwar habe dieser Vers den Anschein eines zehnsilbigen, sei jedoch in Wahrheit elfsilbig. Denn die beiden letzten Consonanten gehörten nicht zur vorhergehenden Silbe, sondern bildeten, obgleich ohne Vocal, eine eigne, denn nur weil diese Silbe nicht unwirksam sei, könne der Reim hier mit einem Vocal abgeschlossen werden. Also Dante meint: der Reim muss in der Canzone zweisilbig sein, der zweite Vocal kann aber unter Umständen schwinden, jedoch ohne dass die zu ihm gehörigen Consonanten die Kraft einer Silbe verlieren. [2]) Während Dante somit den zehnsilbigen provenzalischen Vers als abgekürzten elfsilbigen behandelt, betrachten die *Leys d'amors* [3]) umge-

---

1) Gedichte der Troubadours, hrsg. v. Mahn. 1856 f. No. 216.

2) Daher Dante in seiner eigenen Canzone *Ai fals ris*, in der ersten Stanze V. 1 u. 5, in der dritten Stanze V. 2 u. 4, mit einer Tonsilbe schliesst, wo in den entsprechenden Stellen der anderen Stanzen noch eine unbetonte Endsilbe hinzutritt. Nur in Versen provenzalischer Sprache hat Dante sich dies erlaubt. Vgl. auch die provenzalischen einsilbigen Reime unter allen den zweisilbigen Purg. 26 Schluss. — Wir verbessern hier gelegentlich in dem provenzalischen Texte der Canzone bei Fraticelli Einiges. *Ai fals ris! per que traits avetz... Saben autras donas e vos sabetz... Eu vai speran, e par, de mi non cura... Fort mi desplats, peur m'ei* (ich erschrecke darüber. *peur* diphthongisch, im Vers einsilbig, sprach man später für das ältere auch im Vers zweisilbige *paor*; ital. *paura,* neufranz. *peur*)... *A plazer d'autra que s'amors le dera* (indem er ihr seine Liebe schenkte), *el fals cor grëus penas ne portera... E com diaspres, que per ma fed! es sors* (denn, bei meiner Treu, sie ist taub. Vgl. *Così nel mio parlar* Stanze 2 *sordamente,* Stanze 1 *diaspro*)... *Ben sap Amors, si-n ieu non ai socors...* Nur in diesem Liede und in *Amor che muovi* und in *Posciachè Amor* sind bei Dante die Schlusszeilen der Stanze nicht auf einander gereimt.

3) 1, 100 f.

kehrt den elfsilbigen als verlängerten zehnsilbigen, da sie bei ihren Angaben über die Silbenzahl der Verse immer nur die Tonsilbe als die letzte zählen. Auch der Anfang jenes Liedes des Königs von Navarra: *De fine amor vient séance et bonté* [1]) sei elfsilbig, wie sich aus dem Accent und dessen Grund ergebe. Dante will sagen *bonté* gilt noch für *bonté-e*, das von *bontate* herkommt. Wahrscheinlich wird Dante in der Melodie des Liedes diese Beobachtung bestätigt gefunden haben. In einer andern Chanson desselben Königs *L'autrier par la matinée* wird in der Originalnotirung [2]) für das zweite *e* von *matinée* und ebenso für das zweite in *trovée* die Note des vorhergehenden *e* wiederholt. Nachdem Dante auch einige Beispiele Italienischer Canzonen, welche mit einem Elfsilber beginnen, angeführt, auch eine von ihm selbst verfasste, fährt er fort: Wenngleich nun der elfsilbige Vers der beliebteste von allen zu sein scheint, was er auch verdient, so scheint er sich doch noch klarer und höher hervorzuheben, wenn er sich den siebensilbigen zugesellt, ohne die Herrschaft aufzugeben (*dummodo principatum obtineat*). Neunsilbige habe man, weil sie verdreifachte dreisilbige zu sein scheinen, entweder niemals gern gesehn, oder sei ihrer überdrüssig geworden. „Verse von gerader Silbenzahl brauchen wir wegen ihrer Rohheit nur selten, sie behalten nämlich die Natur ihrer Zahlen, welche den ungeraden Zahlen untergeordnet sind, wie die Materie der Form.“

Ferner ist der Satzbau und der Wortschatz zu beobachten. Zunächst vom Satz, der Construction, wie Dante es nennt. Construction definirt er als *regulata compago dictionum*, und unterscheidet *constructio congrua* und *incongrua*, welche letztere, *quia inferiorem bonitatis gradum promeruit*, von Canzonen fern zu halten sei. Dass Dante eine Construction *regulata* und *incongrua* nennt, ist so zu erklären, dass er regelrecht den Ausdruck nennt, der keine Barbarismen enthält, Congruenz

---

1) *Les poësies du roy de Navarre.* Paris 1742. t. 2. p. 13. Dante hatte dies Lied schon Buch 1, Kp. 9 citirt. Nachweisungen darüber, wo die von Dante nur nach der Anfangszeile citirten Canzonen zu lesen sind, sucht man auch in der neuesten Ausgabe der *Vulg eloq.* eben so vergeblich wie vieles Andere.

2) Ambros: Geschichte der Musik, Bd. 2. 1864. S. 227.

aber erst dort findet, wo auch keine Solöcismen vorkommen. [1]) Für die Canzone eigne sich nur die urbanste Construction. Es gebe nämlich unter den *Constructiones congruae* mehre Abstufungen. Die Constructionsweise ungebildeter Leute zeige sich z. B. in dem Satz: *Petrus amat multum dominam Bertam.* [2]) Als Beispiel einer gebildeten, aber nur lehrhaften Construction führt er an: *Piget me civitatis,* [3]) *sed pietatem majorem illorum habeo quicunque, in exilio tabescentes, patriam tantum somniando revisunt.* (Die Wortstellung nicht jene triviale; zweimal das Object vor seinem Verbum, ebenso die Ortsbestimmung vor dem Particip). Eine gebildete und ansprechende Ausdrucksart finde sich bei Manchen, die wenigstens oberflächlich aus der Rhetorik geschöpft haben, z. B. in dem Satz: *Laudabilis discretio marchionis Estensis et sua magnificentia, praeparata cunctis, illum facit esse dilectum* (nicht bloss die Wortstellung nicht die einfachste; es findet Verwandlung des vorweggenommenen Objects in einen Genitiv

---

1) *Prisciani institutio gramm.* (ed. Hertz 1855—59) 17, 1: ... *de ordinatione sive constructione dictionum quam Graeci* σύνταξιν *vocant* ... 6: *Quomodo autem literarum rationem vel scripturae inspectione vel aurium sensu diiudicamus, sic etiam in dictionum ordinatione disceptamus rationem contextus, utrum recta sit an non. nam si incongrua sit, soloecismum faciet, quasi elementis orationis inconcinne coëuntibus, quomodo inconcinnitas literarum vel syllabarum vel eis accidentium in singulis dictionibus facit barbarismum. sicut igitur recta ratio scripturae docet literarum congruam iuncturam, sic etiam rectam orationis compositionem ratio ordinationis ostendit.* 187: ... *quamvis quantum ad ipsas dictiones incongrue disposita esse videantur, tamen ratione sensus rectissime ordinata esse iudicantur;* er gibt unter andern das Beispiel: *pars in frusta secant,* Subject im Singular, Verbum im Plural. Dasselbe Beispiel führt Diomedes *artis gramm.* 1. 2 (ed. Keil 1857 p. 454) unter den Solöcismen an, wo er von diesen und den Barbarismen handelt. Ueber Barb. und Solöc. auch in *Leys d'amors* t. 3.

2) Desselben Namens Bertha bedient sich Dante in der *divina commedia,* um eine beliebige Frau aus der Masse des Volks zu bezeichnen, Par. 13, 139: *non creda donna Berta o ser Martino.* — Dieser letzte Name neben *Giovanni* im Convivio 1, 8. 3, 11 wie unser Hinz und Kunz.

3) *civitatis* (wobei an Florenz zu denken wäre) ist meine Vermuthung für *cunctis.*

statt, aus welchem dasselbe mittels pronominalen Hülfswortes entnommen werden muss). Gebildet, ansprechend und dazu vornehm (*excelsus*) sei der Satzbau der illustern Schriftsteller, wie wenn gesagt werde: *Eiecta maxima parte florum de sinu tuo, Florentia, nequicquam Trinacriam Totila serus adivit.* (Object vor Verbum, Adjectiv statt Adverb, und, was das Auszeichnende, Tropen). Nur in dieser letzten vorzüglichsten Constructionsweise seien die illustren Canzonen verfasst. Zum Beleg citirt Dante fünf provenzalische, eine französische und eine italienische, darunter eine von ihm selber, wiederum jedoch, wie im Kapitel vom Versbau, ohne sich mit Namen zu nennen, indem er, nach *Cinus de Pistorio*, schliesslich den *amicus eius* anführt. Von Guido d'Arezzo und einigen andern bemerkt er, dass sie in Worten und Constructien niemals aufgehört plebejisch zu sein (*plebescere*).

Sorgfältig sind die dem für die Canzone empfohlenen Stil angemessenen „grandiosen" Wörter zu wählen. [1]) Von den Wörtern nämlich sind die einen kindlich, andere weiblich, andere männlich, und von diesen letzten die einen ländlich (*silvestria*), die anderen städtisch. Von den städtischen aber empfinden wir die einen als schmuck [2]) und glatt, andere als rauh und struppig, und zwischen ihnen liegen die, welche wir die grandiosen nennen, nämlich die schmucken und die rauhen; glatt und struppig hingegen nennen wir solche, die überflüssigen Schall machen. Dieser Unterschied bei den städtischen Wörtern darf nicht auffallen. Es ist wie bei grossen Unternehmungen, von denen einige in der That aus Grossherzigkeit hervorgehn, andere eitel Dunst sind, indem bei diesen letzteren, mag auch für den oberflächlichen Blick die Linie der bescheidenen Tugend überflogen sein, doch nach verständiger Erwägung sich herausstellt, dass kein Fortschritt, sondern vielmehr ein jäher Verfall gebracht ist. Aus der Kindersprache führt Dante beispielsweise an: *mamma, babbo,* sowie *mate, pate,* aus der Weibersprache: *dolciada, placevole (piace-*

---

1) *grandiosa vocabula supra elato stilo digna.* Die Ausgaben schreiben: *sub praelato,* Fraticelli auch *grandioso.*

2) *pexa,* vgl. *pexare* in Dante's Ecloga 1. V. 42.

vole, heutzutage in jedem Stil üblich), als ländlich: *greggia*, von städtischen glatten und struppigen Worten, *femina* und *corpo*, wobei er sicher meint, dass *femina* zu viel Glätte habe, *corpo* zu struppig klinge.

Ueber die schmucken Wörter macht er folgende nähere Angabe: es sind die dreisilbigen, sowie die der Dreisilbigkeit nächsten, nur solche, die keine Aspiration haben, keine betonte Endsilbe, kein doppeltes z oder x, keine Verdopplung der härteren Liquiden, sowie keine Verbindung einer Muta mit unmittelbar folgender harter Liquida, lauter Wörter, die auszusprechen dem Redenden selbst ein gewisses angenehmes Gefühl bereitet, [1]) z. B. *amore, donna, disio, virtute, donare, letizia, salute, securitate, difesa*. Das erste Beispiel gibt er für die Dreisilbigkeit, als Beispiele für *vicinissima trisylla-bitati* meint er: *donna* (aus *domina*) und *disio (dissidium)*, welches letztere er in der *commedia* öfter dreisilbig anwendet, z. B. Inf. 5, 113, während es an andern Stellen zweisilbig steht, z. B. ebd. V. 82. Unter Wörtern *sine accentu acuto vel circumflexo* sind solche zu verstehn, die nicht Oxytona oder Perispomena sind, wobei als erstere die mit kurzem betonten Endvocal, als letztere die mit langem Vocal in betonter Endung angesehn werden: *virtù, securità* sind Oxytona, *donar* ist Perispomenon; gegenüber diesen Formen sind hier die Beispiele *virtute, securitate, donare* gewählt. Mit nur Einem z: *letizia*. Nicht jede Liquidenverdopplung will Dante hier als minder wohllautend bezeichnen, führt er doch *donna* unter den schmucken Wörtern an. Er unterscheidet zwischen harten und weichen Liquiden. Zu den letzteren wird er ausser *n* auch *m* gerechnet haben; harte Liquiden müssen ihm *r* und *l* sein, [2]) und auch *s*. Wegen des einfachen *l* führt er *salute*

---

1) Lies *sine durarum liquidarum geminatione vel positione immediate post mutam, prolata quasi loquentem* —. Das gewöhnliche *duarum liqu. geminatione* ist an und für sich unerträglich, und die Ausschliessung jeder Liquidengemination würde der Anführung von *donna* unter den Beispielen widersprechen. — *post mutam dolatam, quasi* — gibt keinen Sinn.

2) Nach *Leys d'amors* 1, 38 f. klingen *r* und *l* im Provenzalischen in gewissen Wörtern sanft, in andern stark *(fortmen)*.

an, auch wegen des einfachen *r securitate; difesa* wegen des
einfachen *s*. Die Liquiden, die unmittelbar auf eine Muta
folgen können, sind *r* und *l*. [1]) Die Aspiration war zu Dante's
Zeit im Provenzalischen nachweislich noch nicht überall ver-
stummt, [2]) und obgleich Dante nicht ausschliesslich für das
Italienische Vulgare Anweisungen gibt, müssen wir doch, da
er hier im Uebrigen Alles mit Italienischen Beispielen belegt,
annehmen, dass auch in Italien manches anlautende lateinische
h noch hörbar war.

Rauh heissen neben diesen schmucken Wörtern alle,
welche dem illustren Vulgare entweder unentbehrlich sind wie
die einsilbigen *si, me, te, se* u. a., oder demselben als ge-
legentliche Zierde dienen, wie die vielsilbigen, die mit den
schmucken gemischt eine schöne Harmonie geben, obgleich sie
eine gewisse Härte haben durch die Aspiration oder den Ton-
fall oder die Consonantenverbindungen oder die Doppelliquiden
oder durch grosse Länge, wie z. B. [3]) *terrà* (mit geminirter
harter Liquida und als Oxytonon), *onor* (Perispomenon und
aspirirt), *spezza* (mit doppeltem *z*), *gravitate* (Muta vor harter
Liquida), *alleviato* (doppeltes *l*, ferner die langen Worte mit
doppeltem *s*), *impossibilitate, benavventuratissimo, avventuratis-*

· 1) *Diomedis artis gramm.* lib. 2 (ed. Keil. 1857. p. 423): *liqui-
dae quattuor, l m n r; ex quibus_l et r subiectae mutis communes
syllabas faciunt.*

2) *Leys d'amors* 1, 86: „Diese Figur *h* ist, wie die Autoren
sagen, kein Buchstabe, sondern Zeichen der Aspiration [vgl. Isidori
orig. 1, 4, 11], wie ihr in diesen Wörtern seht: *homs, honor, honest,
havets;* wenn aber diese Wörter synalöphirt sind *(sinalimphat),* so aspi-
riren sie nicht, weshalb man sie in diesem Fall nicht mit *h* schreiben
darf: *Coma be sai qu'avets paria d'ome d'onor e companhia;* andernfalls,
nämlich wenn sie nicht synalöphirt sind, muss man sie mit *h* schreiben.
Wir indessen halten das *h* für einen Consonanten, ausgenommen in diesem ersten Fall [der Synaloephe]."

3) Ich schreibe nicht *terra, onore,* welches letztere eben so
schmuck wie *amore* ist, sondern *terrà* und *honor,* weil sonst die Beispiele für rauhere Accentuation gänzlich fehlen, auch das Beispiel für
Aspiration. Gerade *honor* wurde im Provenzalischen dazumal noch
manchmal aspirirt, siehe unsre nächst vorhergehende Anmerkung. Ferner ist *speranza* ein ganz schmuckes Wort; es ist statt dessen etwa
spezza zu schreiben.

simamente, *disavventuratissimamente*, *sovramagnificcntissima-*
mente, welches letzte Wort elfsilbig ist, also die ganze Länge
eines grössten Canzonenverses hat. Man könnte, sagt Dante,
noch längere Worte finden, z. B. jenes zwölfsilbige *onorifica-*
bilitudinitate (*illud* scheint darauf hinzuweisen, dass Dante
das Wort irgendwo vorfand), welches, fügt er hinzu, im Lateinischen in zwei obliquen Casus noch eine Silbe länger sein
würde, indessen habe diese Untersuchung nichts mit denselben
zu thun, da sie das Maass des Canzonenverses überschritten.
In der That, wir heutzutage finden schon jenes *sovramagnifi-*
cen u. s. w. u. s. w. wenig tragisch, und denken schon hier
an Horazens *proicit ampullas et sesquipedalia verba.* Dante
selbst übrigens wendet dergleichen nicht an. Nachdem wir
uns diese Auseinandersetzung klar gemacht, verstehen wir
nun auch was er in der Canzone *Le dolci rime d'amor* Stanze 1
sagen will mit *rima aspra*, und was mit dem Anfang der andern Canzone *Così nel mio parlar voglio esser aspro.* In dieser
finden sich die rauhen Reimklänge *aspro, opra, atra, etra,*
orro, ille, ezzi, ezzo, in jener: *ezza, ella, elli, erra, orre,*
esso, ostra.

Aus Versen nun wird die Stanze gebunden, aus Stanzen
die Canzone. Denn diese ist „tragische Verbindung gleicher
Stanzen ohne Responsorium," d. h. sämmtliche Stanzen einer
Canzone sind von gleichem Bau, nämlich von gleicher Länge
der entsprechenden Verse, sowie von gleicher Reimfolge, und
wird die Verbindung dieser Stanzen niemals durch ein Vers-
gefüge anderen Baues unterbrochen (etwa eine Epode nach je
zwei Strophen). Erst mit der ganzen Canzone läuft der ganze
darzulegende Gedanke ab, das Technische der Canzone ist aber
schon in der einzelnen Stanze befasst, die daher, meint Dante,
den Namen hat: *stantia h. e. mansio capax vel receptacu-*
lum totius artis. Die Kunst der Stanze bestehe in drei
Dingen: der Gliederung des Gesanges, dem innern Verhältniss
jedes Theils in sich, der Zahl der Verse und Silben. Der
Reim nämlich gehöre nicht zur eigenthümlichen Kunst der
Canzone, da es freistehe, in jeder Stanze neue Reime zu nehmen, eben so wie die alten zu wiederholen. Und wenn es
ein Kunsterforderniss sei, etwas vom Reim festzuhalten, so

werde dies dort zur Sprache kommen, wo von dem innern Verhältniss jedes Theiles die Rede sei. [1])

Zunächst vom Gesang. Jede Stanze ist so gefügt, dass sie mit einer Melodie (*oda*) verbunden werden kann. [2]) Es kann nun eine Stanze nach einer stetigen Melodie gehn bei welcher keine Wiederholung eines musikalischen Theiles und kein Zwischenspiel vorkommt. [3]) Dieser Art von Stanze hat sich Arnaut Daniel fast in allen seinen Canzonen bedient, und ich, sagt Dante, bin ihm gefolgt, als ich das Lied *Al poco giorno* dichtete. Andere Stanzen enthalten ein Zwischenspiel, und kann dies nicht vorkommen, ohne dass eine musikalische Wiederholung stattfindet entweder des dem Zwischenspiel vorhergehenden Theiles oder des nachfolgenden oder beider Theile. [4]) Findet die Wiederholung vor dem

---

1) *Si quid autem rhythmi servare interest huius, quod est artis, comprehendetur ibi cum dicemus partium habitudinem.* Fraticelli, der wie Torri vor *comprehendetur* nicht, dagegen vor *huius* interpungirt, hat offenbar den Satz nicht verstanden; — *huius quod est artis* ist zu fassen nach Analogie des Anfangs von Kp. 11: *videtur nobis haec, quam habitudinem dicimus, maxima pars eius quod artis est.*

2) Purg. 2, 106 f. singt Casella die Dante'sche Canzone *Amor che nella mente.* Nach *Leys d'amors* 1, 340 muss eine Canzone eine „gesetzte" Melodie haben, *so pauzat* d. i. *un son posé.*

3) Parenthetisch gemeint ist der Satz: *Et diesim dicimus deductionem vergentem de una oda in aliam: hanc [scil. diesim] voltam vocamus cum vulgus alloquimur.* Die neueren Herausgeber haben zu bessern gemeint, indem sie *diaeresis* schrieben statt *diesis.* Sie haben nicht bemerkt, dass der Dante'sche Ausdruck aus Isidor stammt; bei dem wir orig. 8, 20, 6 lesen: *diesis est spatia quaedam, et* (zweitens) *deductiones modulandi atque vergendi [al.: vergentes] de uno in alterum sonum.*

4) Wiederholung findet statt z. B. im ersten Theil zweier Lieder des Königs von Navarra (*Les poësies du roi de Navarre.* 1742. t. 2. p. 57 u. 92), für welche Ambros (Gesch. d. Musik, Bd. 2, 1864, S. 228) die alten Melodien gibt. *Je me quidoie partir* hat die Formel *ab: ab; baaab, L'autre ier par la matinée* geht so: *Ab: Ab; bccbc.* Die Musik hat in beiden Liedern im Aufgesang Wiederholung. Durchcomponirt ist die von Ambros (ebd. S. 226 f,) mitgetheilte alte Melodie zu *Forts chauza es que tot lo major dan*, nach der Formel *abaCCbbdd*;

Zwischenspiel statt, so sagen wir, die Stanze habe Stollen;
und hat sie am angemessensten zwei, obschon zuweilen drei
vorkommen, doch sehr selten. Findet die Wiederholung nach
dem Zwischenspiel statt, so sagen wir, die Stanze habe Wenden. Wenn vorher keine Wiederholung ist, so sagen wir,
die Stanze habe eine Stirn. Wenn nachher keine, sagen wir,
sie habe einen Schweif. Schweif ist also, was wir im Deutschen. Abgesang nennen. [1])

---

die letzte Textzeile wird mit neuen Noten wiederholt (der Text ist bei
Ambros sehr entstellt, er steht in Raynouard's Choix 4, 54). — Die
Eintheilung einer Canzone kann nicht durch Auffindung einer äussern
Gleichmässigkeit erledigt werden, vielmehr ist auch auf die Sinnab-
schnitte zu achten. Z. B. in der von Dante 2, 6 gelobten Canzone
von Guiraut de Bornelh: *Si per mon Sobre-tots no fos*, Mahn, Werke
d. Troub. 1, 203, deren Formel diese ist: *ABBCCB ddeeffegg*, erlaubt
schon der Sinn nicht in allen Stanzen, den ersten aus längern Zeilen
bestehenden Theil oder den zweiten aus kürzeren bestehenden zu hal-
biren. Die Stanze verläuft stetig, die Melodie hatte kein Zwischenspiel, keine Wiederholung.

    1) In den Namen *stantia* und *pedes* hat W. Wackernagel deutsche
Anschauungs- und Benennungsweise erkannt. Altfranzös. Lieder 1846
S. 250. Gesch. d. deutsch. Lit., 2. Abth. 1853, S. 251. Mit Unrecht
aber gilt ihm auch noch am letzteren Orte als Zeichen deutschen Ein-
flusses auf die Italienische Poesie „die Neuheit der Reime mit jeder
neuen Strophe eines Liedes, während die Provenzalen die gleiche Bin-
dung durch alle hindurchzuführen pflegten; der gebrochene und der
Binnenreim, von denen Provenzalen und Franzosen, und vor allem der
dreitheilige Strophenbau, von welchem wenigstens die Provenzalen noch
nichts wussten." Ueber die *coblas singulars*, Stanzen, deren jede ihre
Ausklänge für sich hat, dagegen Reimfolge und Verslängen mit den
andern *coblas* gemeinsam, vgl. *Leys d'amors* 1, 166 f. 212 f. Ueber
den gebrochenen Reim ebd. 196. 278, über den Binnenreim 125 f. und
hier unten S. 34. Zwei gleiche Stollen mit Abgesang z. B. in dem von
Dante bei Gelegenheit (2, 2) citirten Liede von Guiraut de Bornelh,
Mahn, Werke d. Troub. Bd. 1, 1846. S. 201: *Per solats revelhar | que s'es
trop endormitz*, Formel *abba : abba; CC* und schon im 12. Jahrh. in Cata-
lonien, s. Bartsch im Jahrb. 6, 277. Wenn, wie Wackernagel selbst an-
nimmt (altfr. Lied. 171 f.), die von den Provenzalen lernenden Franzosen ohne deutschen Einfluss auf eigne Hand jene Dreitheiligkeit und
jene Neuheit der Reime zur Sitte gemacht haben, warum wäre zur
Erklärung dieser Erscheinungen bei den Italienern deutscher Einfluss
vorauszusetzen? Den Provenzalen entlehnt ist bei Dante der Ausdruck

Eigenthümlich werden in einem von Dante bei anderer
Gelegenheit (2, 6) rühmend angeführten Liede von Aimeric
von Pegulhan: *Si com l'arbres que per sobrecargar* [1]) die beiden Wenden zugleich als Stollen angesehn und erhalten einen
Abgesang, der wiederum als erster Stollen dient u. s. w.

Das Verhältniss der Theile der Stanze zu einander, ist
die Hauptsache beim kunstgerechten Canzonenbau. Es kommt
hier auf dreierlei an: Gliederung des Gesanges, Zusammen-
fügung der Verse, Beziehung der Reime.

Zuerst über die verschiedenen möglichen Verhältnisse
von Stirn und Wenden, Stollen und Schweif, Stollen und
Wenden. Es kann vorkommen, dass die Stirn an Silbenzahl
die beiden Wenden zusammen genommen übertrifft, dagegen
weniger Verse hat als diese beiden zusammen, doch sagt
Dante, er habe dies Verhältniss noch nicht angewendet ge-

---

versus, den ich durch Wende wiedergegeben habe; es ist die *tornada,*
die, nach der Vorschrift der *Leys d'amors* 1, 338 f., von gleichem Bau
mit der zweiten Hälfte der *cobla* ist. Während dort der Ausdruck nur
für das Geleit des Gedichtes üblich ist, braucht ihn Dante für den
zweiten Theil der Stanze. Die Ausdrücke *cauda* und *frons* bei Dante
erinnern daran, dass in den *Leys d'amors* Stanzen, in welchen mit
dem Ausklang der einen der Ausklang des ersten Verses der folgenden
reimt, *coblas capcaudadas* heissen, 1, 146. 168. 236 f., wobei also der
Anfang der Stanze als *cap*, der Schluss als *cauda* gilt. *Rimas cau-
dadas* ebd. 1, 146. 168: Gleichklang in den Versenden der zwei oder
drei letzten Verse der Stanze. Dante bezeichnet ein paarmal (2, 5 u. 8)
in ausgeführterem Bilde den Vers als *fustis;* in den *Leys d'amors* ist
das gewöhliche Wort für Vers: *bordo* = frzs. *bourdon,* woneben auch
in demselben Sinne *basto* = frzs. *bâton* vorkam, *Leys* 1, 100.

1) Mahn, Ged. d. Troub. Nr. 344. Die Formel ist diese:

Stanze 1. *ABBA; CDDC:*

„ 2.   *CDDC; EFFE:*

„ 3.   *EFFE; GHHG:*

„ 4.   *GHHG; IKKI:*

„ 5.   *IKKI: ELLE.*

Geleit   *LE.*

Die Eintheilung in Stanzen wird darauf beruhn, dass die Melodie
des Liedes nur zwei Theile hatte, die viermal in jedesmal umgekehrter
Folge wiederholt wurden: *ab, ba, ab, ba, ab.*

sehen.[1]) Es kommt vor, dass die Stirn nur an Verszahl grösser ist als die Wenden, an Silbenzahl kleiner, z. B. die Stirn ist fünfzeilig, jede Wende zweizeilig, aber die Stirnverse sind siebensilbig, die Wendenverse elfsilbig. Eine Stirn, welche an Zahl sowohl der Verse als der Silben die Wenden übertraf, hatte z. B. Dante selbst, wie er hier sagt, in Anwendung gebracht in seiner Canzone *Traggemi della mente*, wo die Stirn aus drei elfsilbigen Versen und einem siebensilbigen bestand (die Canzone ist verloren gegangen). Die Füsse haben gegenüber dem Schweif die grössere Zahl von Versen sowohl als von Silben z. B. in Dante *Amor che muori*, die kleinere z. B. in Dante's *Donna pietosa* (diese beiden Canzonen führt er selbst hier als Beispiele an). Auch beim Schweif kann es, wie bei der Stirn, vorkommen, dass er grössere Verszahl als die Stollen hat bei geringerer Silbenzahl, und in andern Stanzen grössere Silbenzahl bei geringerer Verszahl. Ebenso, wo Stollen und Wenden sind, auf jeder Seite die vier Fälle: mehr Verse und Silben, weniger Verse und Silben, mehr Verse und weniger Silben, mehr Silben und weniger Verse. Auch können entweder mehr Stollen oder mehr Wenden in der Stanze sein, z. B. drei Stollen und zwei Wenden, oder drei Wenden und zwei Stollen, doch ist man, sagt Dante, nicht auf diese Zahl beschränkt, vielmehr kann eine Stanze eine grössere Zahl von Stollen oder von Wenden haben. Unberührt lässt Dante die Fragen, ob Stollen und Wenden in gleicher Zahl in einer Stanze vorkommen dürfen, und ob die Zahl der Verse oder die Zahl der Silben oder beide Zahlen in beiden Haupttheilen der Stanze gleich sein dürfen. Das aber hebt er hervor, dass die Stollen einander gleich sein müssen, weil sonst keine Wiederholung des Gesanges

---

1) Dieser Fall, der, wie das bald folgende „*quemadmodum diximus, frontem posse superare carminibus et syllabis superari, et e contrario*" zeigt, nicht unberührt geblieben war, fehlt in unserm Text, während zweimal von dem Fall die Rede ist, in welchem die Stirn im Verhältniss zu den Wenden sowohl mehr Silben als mehr Verse hat. Es ist wohl einfach so zu helfen, dass man in dem Satze: *quandoque frons vesrsu excedit in sillabis et carminibus, vel excedere potest; et dicimus: potest, quoniam* — liest: *in sillabis et non in carminibus.*

ausführbar wäre, und gelte dasselbe von den Wenden unter einander. [1])

Nächstdem über das Zusammenfügen der Verse. Manche Canzonen bestehn bloss aus elfsilbigen Versen. Nach Anführung einer Canzone von Guido Cavalcanti und seiner eignen Canzone *Donne che avete* citirt er noch die provenzalische von Aimeric de Belenoi: *Nulh hom non pot complir adrechamen.* [2]) (Dieser nach unserer Zählungsweise zehnsilbige Vers ist ebenso wie mehre andere gleicherweise zehnsilbige derselben Stanze nach dem früher von uns Bemerkten als unvollkommen elfsilbiger anzusehn; auch elfsilbige mit zweisilbigem Reim kommen in der Stanze vor). Wenn in der Stanze nur ein siebensilbiger Vers steht, so ist dies ein Zeichen, dass sie Stirn oder Schweif hat; denn Stollen müssen gleichen Baues sein, und ebenso Wenden, daher eine Stanze, die nur aus Stollen und Wenden besteht, keine ungerade Verszahl haben kann. Eine Stanze mit Stirn oder Schweif aber kann beliebig von ungerader oder von gerader Verszahl sein. Siebensilbige Verse scheinen, sagt Dante, in einer Stanze zwei, drei, vier, fünf vorkommen zu können (er will nicht sagen, dass es nicht mehre sein dürften, denn er selbst hat mehre in zwei Canzonen, die er in diesem Buch citirt, sieben in *Posciachè Amor*, neun in *Doglia mi reca*, er meint also: *u. s. w.*), wenn

---

1) *Leys d'amors* 1, 266 f. „Wenn der erste oder zweite oder dritte Vers, und dasselbe gilt von den andern, in der ersten Stanze mit zweisilbigem oder mit einsilbigem Reim aufhört *(en accen lonc o en agut)*, so müssen die an gleicher Stelle in den folgenden Stanzen vorkommenden Verse entsprechend endigen. Denn beachtete man nicht dies Maass des Zweisilbigen und Einsilbigen, so könnte das Gedicht, in welchem man dies unbeachtet liesse, keine vollkommene und übereinstimmende Melodie haben *(no poyria haver perfieg so ni covenable)*. Denn in einer Stanze würde die Pause der Melodie, wo es sein soll, bei zweisilbigem Schluss eintreten, und dann in einigen der folgenden Stanzen bei einsilbigem, während zweisilbiger erforderlich ist, und würde es eine grosse Störung sein, indem die Pause der gegebenen Melodie nicht richtig in der Art, wie sie sein sollte, eintreten könnte. Deshalb muss man dies Maass beobachten in Gedichten, die ihrer Natur nach eine Melodie haben müssen *(que de sa natura devon haver so)*; bei den andern ist es nicht nöthig."

2) Mahn, Ged. der Troub. Nr. 77.

nur der Elfsilbige bei tragischem Gefüge die Ueberzahl hat
und den Anfang macht. Indessen finde sich doch bei einigen
Dichtern, von denen er ein paar Bologneser nennt, siebensilbiger Anfangsvers in tragischen Canzonen, die jedoch, wenn
man sich recht in den Sinn versenke, eine elegische Beimischung nicht verläugneten. Fünfsilbigen Anfangsvers lassen
wir nicht gleicherweise zu, sagt Dante, dem vielleicht Stanzen
mit solchem Anfang vorlagen, den er nicht billigt. In gross-
artigem Gedicht (d. h. in der illustren Canzone) sei es genug
mit einem fünfsilbigen Vers in der ganzen Stanze oder mit
zweien, wenn sie in den Stollen vorkommen, in jedem Stollen
einer (so in Dante's *Posciachè Amor*). Ein dreisilbiger Vers
scheine in tragischem Gedicht durchaus nicht als selbständiger
Vers vorkommen zu können, sondern nur beim Binnenreim,
wie in einer Canzone Guido Cavalcanti's und in Dante's eigner,
die er hier anführt, *Posciachè Amor*, wo die dreisilbige Gruppe
den ersten Theil des elfsilbigen Verses bilde. Zu beachten
ist, dass in den zusammengehörigen Stollen, analog in den
Wenden, eine völlig gleiche Reihenfolge von kürzeren und
längeren Versen stattfinden muss, z. B. wenn in einem dreizeiligen Stollen die beiden äusseren Verse elfsilbig sind und
der mittlere siebensilbig, so muss auch im entsprechenden
Stollen ein siebensilbiger zwischen zwei elfsilbigen Versen
auftreten. [1]

Endlich über die Reimordnung. Vorweg zu bemerken
ist, dass es eine reimlose Stanze [2] gibt, die sehr häufig
von Arnaut Daniel angewendet wird, z. B. in dem Liede
Si-m fos amors de joi donar tan larga und die ich, sagt
Dante, gebraucht habe in *Al poco giorno*. Die Reime zu solcher reimlosen Stanze folgen in der nächsten Stanze, sei es
dass nur die Reimklänge wiederholt werden, oder die ganzen
Worte in denen sie vorkommen. Letzteres in Dante's Sextine

---

1) Die Worte Kp. 12 gegen Ende: *sic pars altera extrema ende-
casyllaba et medium eptasyllabum habeat* sind ein ganz überflüssiger
Zusatz der Herausgeber.

2) Es liegt auf der Hand, dass Kap. 13 Anfang *stantia sine
ritimis* zu lesen ist für *stantia sive ritimus*. Es sind die *rimas* oder
coblas dissolutas der *Leys d'amors* 1, 164 f. 212.

Al pioco giorno, die völlig nach der Formel von Arnaut Daniels *Lo ferm voler* gemacht ist. [1]) Nur die Reimklänge der ersten für sich reimlosen Stanze werden in je fünf folgenden Stanzen nach der Reihenfolge der ersten Stanze aufgenommen z. B. in A. Daniel's *Si-m fos amors* (achtzeilig) [1]) und desselben weiter oben (2, 6) von Dante gerühmtem Lied *Sols sui que sai lo sobrafan que-m sortz* [3]) (siebenzeilig), ferner in vier folgenden Stanzen in Bertran de Born's gleichfalls schon von Dante (2, 2) citirtem Lied: *No*

---

1) Sechs Worte kehren als Schlussworte von sechs sechszeiligen Stanzen wieder. Die Folge dieser Worte ist in der ersten Stanze beliebig. Jeder folgenden Stanze wird durch die nächst vorhergehende die Reihenfolge der Schlussworte bestimmt: das Schlusswort der Stanze nämlich wird in der nächsten Stanze das Schlusswort der ersten Zeile. In jeder Stanze stehen die Schlussworte, wenn wir die Reihenfolge der Schlussworte der vorhergehenden Stanze mit den Zahlen von 1 bis 6 bezeichnen, in der Reihenfolge 6 1 5 2 4 3. Sobald also die erste Reihenfolge der sechs Worte gegeben ist, ist für jede Zeile der sechs Stanzen des Liedes das Schusswort fest bestimmt. Folgendermaassen:

$$a\ b\ c\ d\ e\ f$$
$$f\ a\ e\ b\ d\ c$$
$$c\ f\ d\ a\ b\ e$$
$$e\ c\ b\ f\ a\ d$$
$$d\ e\ a\ c\ f\ b$$
$$b\ d\ f\ e\ c\ a$$

Uebrigens sind unter den Schlussworten bei Dante zwei Paare mit Assonanz, das eine mit o-a, das andere mit e-a. Bei A. Daniel ist ein Paar mit Assonanz a-a, und wenn wir *entra* lesen statt *intra*, ein zweites assonirendes Paar und zwar mit e-a. Das Geleit ist sowohl bei Daniel als bei Dante dreizeilig, und enthält jede Zeile je zwei jener Schlussworte, je eins davon am Zeilenschluss, je eins im Innern der Zeile, doch ist die Reihenfolge jener Worte nicht dieselbe in beiden Gedichten. Denn Daniel hat als Schlussworte die der zweiten Hälfte der vorhergehenden Stanze, auch in der dortigen Folge, und die andern drei unmittelbar vor ihnen, gleichfalls in der dortigen Folge; Dante dagegen hat drei Worte am Ende der ersten Vershälften und bringt alle sechs fast ganz in der zuletzt dagewesenen Reihenfolge, nur dass er das sechste gleich hinter dem ersten einschaltet. Wir können dies so darstellen: Daniel *b e d c f a*, Dante *b a d f e c*.

2) Mahn, Ged. d. Troub. Nr. 95.

3) Mahn, Ged. d. Troub. Nr. 97.

puesc mudar q'un chantar non esparja [1]) (achtzeilig). In der von Dante (2, 2) hochgestellten Canzone von A. Daniel: *L'aur' amara fa - ls bruelhs brancutz clarzir*, [2]) wo gleichfalls alle sieben Versenden der Stanze neue Ausklänge bringen, tritt als Gegengewicht Binnenreim auf.

So wenig wie bei der reimlosen ist in der einreimigen Stanze ein Verhältniss von Reimen zu suchen. Manche Dichter geben nicht für jeden Zeilenschluss schon in derselben Stanze einen Gleichklang, sondern bringen einen oder einige erst in der nächsten Stanze nach. „So Giotto von Mantua, der seine vielen und guten Canzonen uns mündlich mittheilte. Dieser liess in der Stanze immer einen Vers unbegleitet, den er Schlüssel nannte. Und wie mit einem, steht es auch mit zweien frei, und gelegentlich mit mehren." Solch ein Schlüssel findet sich in der von Dante (2, 6) gerühmten Canzone von Folquet von Marseille: *Tan m'abelhis l'amoros pensamens*, [3]) deren Formel: $aBcaBBdd$; als Binnenreim in der andern bei Dante (1, 9) citirten von Guiraut de Bornelh: *Si - m sentis fizels amics | per ver encusera Amor*: [4]) $abba^c d^d eeff$. Zwei in der Stanze unbegleitete Ausklänge nebst einem Binnenreimschlüssel in desselben Guiraut Canzone: *Ara auziretz enchabalitz chantars*, [5]) bei Dante (2, 5) angeführt; Formel: $^a BBcddeff$. [6]) Fast alle Dichter aber, sagt Dante, halten darauf, dass kein Vers in der Stanze sei, der nicht wenigstens Einen Begleiter habe. Einige wählen nach dem Zwischenspiel andere Reime als vorher, einige verweben die Reime des ersten Theils mit dem zweiten. Den Schlussreim des ersten Theils nehmen die meisten als Reim des ersten Verses des

---

1) Mahn, Werke d. Troub. Bd. 1. S. 300 hat einen etwas andern Anfang.

2) Bartsch, Provenz. Lesebuch 1855. S. 70. Mahn, Ged. d. Troub. Nr. 416. 417.

3) Mahn, Werke d. Troub. 1, 328.

4) Mahn, Ged. d. Troub. Nr. 127.

5) Das. Nr. 216.

6) Ueber drei und mehr unbegleitete Verse vgl. die Nachweise aus der provenzal. Poesie bei Bartsch im Jahrb. f. rom. Lit. 1, 176 f., die grösste Zahl ist 7 unbegleitete in 9zeiliger Stanze.

zweiten Theils auf, „eine schöne Verknüpfung der Stanze." Hinsichtlich der Reimfolge in Stirn oder Schweif „scheint jede angemessene Freiheit zu gestatten," am schönsten aber schliesst die Stanze, wenn die letzten Zeilen auf einander reimen. Bei den Stollen ist mehr Vorsicht zu beobachten, und müssen gewisse Verhältnisse festgehalten werden. Uebrigens kann im Stollen sowohl bei gleicher als bei ungleicher Verszahl jeder Vers entweder seinen Begleiter haben oder unbegleitet sein, denn auch bei ungleicher Verszahl ist die Begleitung herzustellen, nämlich durch Binnenreim. Wenn in dem einen Stollen eine Endung ohne Gleichklang bleibt, so muss diesen jedenfalls der andre Stollen bringen. Wenn aber im ersten Stollen jeder Vers seine Begleitung gefunden hat, so dürfen im zweiten Stollen lauter neue Reime auftreten, doch können auch die alten bleiben, oder auch einige derselben; jedenfalls aber muss, wenn im zweiten Stollen neue Reime eintreten, doch in beiden Stollen dieselbe Hauptordnung beobachtet werden. Z. B. wenn bei dreizeiligen Stollen im ersten die Verse 1 und 3 mit einander reimen, so müssen auch im zweiten Stollen die beiden äussern Verse in diesem Verhältniss zu einander stehn (z. B. *aba:cbc*), und je nachdem der mittlere Vers im ersten Stollen von Reim begleitet oder unbegleitet ist, ebenso muss sich der Mittelvers des zweiten Stollens verhalten (unbegleitet wie in der eben gegebenen Formel, begleitet z. B. nach den Formeln *abb : acc* oder *aab : ccb*); analog bei Stollen grösserer Länge (z. B. ein Stollen *ABbCd* fordert, dass im zweiten Stollen die zweite und dritte Zeile auf einander reimen; da im übrigen nur nothwendig ist, dass im zweiten Stollen die Ausklänge der ersten, dritten und fünften Zeile des ersten Stollens ihre Reime finden, so kann· der zweite Stollen z. B. so aussehn: *ACcBd*, wie in Dante's Canzone *Doglia* der Fall ist. So ist bei Veränderung in Nebendingen die Hauptordnung des ersten Stollens auch hier befolgt). In den Wenden gilt für gewöhnlich dasselbe Gesetz, doch geschieht es zuweilen, sagt der Verfasser, dass wegen jener Reimverknüpfung der beiden Stanzentheile und wegen Reimcombination der Schlussverse obige Ordnung gestört wird (also z. B. nach den Stollen *aba:cbc* die Wenden *cde:ffe* wo *cde* für *dde* stünde, oder die Wenden *odef* : *cdee* wo das schliessende *ee* für *ef* stünde).

Dreierlei habe der höfisch Dichtende mit Bezug auf den Reim zu vermeiden. Erstens zu häufige Wiederholung desselben Reims, wenn es nicht etwa in derjenigen Periode der Dichterlaufbahn geschehe, wo man sich nicht zufrieden gebe ohne etwas bis dahin von Jedermann Unversuchtes geleistet zu haben. Mit dieser Entschuldigung führt Dante seine eigne Canzone *Amor tu vedi* an. [1) Auch in der Form etwas noch nicht Dagewesenes zu schaffen, finden wir oft als Gegenstand des Ehrgeizes bei den Troubadours. Zweitens ist zu meiden die unnütze Aequivocation, die stets dem Gedanken irgendwie Eintrag zu thun scheint. Aequivoke Reime nannte die provenzalische Dichtkunst gleichlautende Worte, die auch gleiche

---

1) In jeder der zwölfzeiligen Stanzen kommt je ein Reim sechsmal vor, und zwar werden die ganzen Reimworte wiederholt. Dazu gehn dieselben fünf Reimworte durch alle sechs Stanzen und kommen andre Reime als diese in denselben nicht vor. Bei den Stanzen 2 bis 5 wird in jeder Stanze das letzte Reimwort der vorhergehenden zuerst verwendet, die übrigen Reimworte treten in der vorigen Ordnung auf. Also nach diesem Schema:

$$
\begin{array}{ccccc}
 & a & b & c & d & e \\
 & e & a & b & c & d \\
 d & e & a & b & c \\
 c & d & e & a & b \\
b & c & d & e & a
\end{array}
$$

In der sechszeiligen Schlussstanze ist die Reihenfolge des Eintretens der Reimworte die gerade umgekehrte gegenüber der in der letztvorhergehenden, also *a e d c b*. Diese Reimworte folgen nun aber in allen Stanzen nicht ununterbrochen nach dieser Formel, sondern so

$$
\begin{array}{cccc}
aba & aca & add & aee \\
eae & ebe & ecc & edd \\
ded & dad & dbb & dcc \\
cdc & cec & caa & cbb \\
bcb & bdb & bee & baa \\
aed & dcb
\end{array}
$$

Reim durch Wiederholung des Wortes findet sich auch in *Io son venuto*, in den beiden die Stanze schliessenden Versen. Die in den drei ersten Stanzen wiederholten Worte *pietra donna tempo* befinden sich auch unter den fünf Stichworten von *Amor tu vedi*, und zwei von ihnen, *pietra* und *donna*, auch unter den sechs von *Al poco giorno*.

Betonung hatten, aber Verschiedenes bedeuteten, z. B. *costa*
kostet, die Kosten, Seite, neben; auch nahm man ferner
unechte Aequivoca an.[1]) Drittens die rauhen Reime, ausser
wenn sie mit anmuthigen vermischt sind, denn die rechte
Mischung von rauhen und milden Reimen gibt der Tragödie
Glanz.

Was die Zahl der Verse und Silben betrifft, so müssen
wir einen Unterschied machen hinsichtlich der ganzen Stanze,
bevor wir die einzelnen Theile unter diesen Gesichtspunct
stellen. Für die Länge der Stanze ist nämlich von Belang ob
diese etwas Erfreuliches oder etwas Uebles betrifft, ob man z. B.
zuredend oder abredend, glückwünschend oder spottend, lobend
oder streitend dichtet. „Worte, die sich auf Uebles beziehn,
sollen immer zum Ende eilen, im Uebrigen soll man mit an-
gemessener Ausführlichkeit allmälig den Schluss erreichen.“

Hier bricht die Arbeit Dante's ab.

Dante hatte am Schluss seines ersten Buchs der Schrift
von der Volkssprache angegeben, welchen Gang er ferner
nehmen werde. Er wolle, sagt er dort, zunächst von dem
eben gefundenen gemeinsamen Italienischen handeln, und zwar
ausführen wer würdig sei, dasselbe zu gebrauchen, zweitens
für welche Gegenstände es gebraucht werden solle, drittens
in welcher Weise, ferner wo und wann, auch an wen es sich
zu wenden habe. Nachdem dies in den nächstfolgenden Büchern
ins Licht gestellt sein werde, wolle er die niedriger stehenden
Vulgärsprachen behandeln, stufenweise hinabsteigend zu der,
welche einer einzelnen Familie eigen ist.

Dante hat nicht einmal das zweite Buch ganz zu Ende
geführt, es bricht ab, wo der dritte Punct, der in Bezug auf
das erlauchte Italienisch zur Sprache kommen sollte, fast
erledigt ist.[2]) Die andern drei Puncte wird er im dritten

---

1) *Leys d'amors* 1, 54. 148. 188 f. 278. 3, 96. An dieser letzten
Stelle heisst es von den echten: *aytals acordansas equivocas reputam
per mot belas e subtils.*

2) Dass das Buch noch auf mehre Kapitel berechnet war, sieht
man schon daraus, dass sich wenige Sätze vor dem jetzigen Ende die
Wendung findet, er wolle hier noch einige Bemerkungen über den
Reim machen, da er auf diesen Gegenstand in diesem Buch nicht zu-

Buch haben besprechen wollen. Auf das vierte Buch verweist
er ausdrücklich zweimal in Kp. 4 des 2. Buchs; er wollte,
wie er in diesen Stellen sagt, im vierten Buche über das mittlere Vulgare, auch über die Unterscheidung des mittlern vom
gewöhnlichen reden. „Man muss nämlich, sagt er, beachten,
ob, was man zu singen hat, tragisch oder komisch oder elegisch
zu singen ist. Unter Tragödie meinen wir den höheren Stil,
unter Komödie den niederen (*inferiorem*), unter Elegie verstehn wir den Stil der Jammernden (*miserorum*). Wenn etwas
tragisch gesungen werden zu müssen scheint, so ist das erlauchte Vulgär anzuwenden, und folglich eine Canzone zu
fügen. Wenn dagegen komisch, dann bald das mittlere, bald
das gewöhnliche (*quandoque mediocre, quandoque humile*).
Wenn aber elegisch, so müssen wir nur das gewöhnliche nehmen." Also in der „komischen" Rede braucht man nicht ausschliesslich das eine, sondern abwechselnd das mittlere und
das gewöhnliche. Ebenso nennt er in dem Brief an Cangrande
(§ 10) die Redeweise der Komödie einen *modus remissus et
humilis.*[1]) Da das erlauchte Vulgare Italiens die allgemeine
Sprache der Halbinsel ist, so ist, nach dem was Dante B. 1
Kp. 19 ausgeführt hat, zu schliessen, dass er unter dem mittleren und gewöhnlichen in Italien das *semilatium*, das provin-
cielle, das municipale, das familiäre meint, wobei er dies
letzte wohl als gewöhnliches ansetzt, die andern als mittleres.

---

rückzukommen beabsichtige; in einem spätern Buch wollte er gelegentlich des mittlern Vulgare wieder über den Reim handeln, wie er
2, 13 sagt.

1) Servius, welchen Dante ohne Zweifel gelesen, sagt in den
Vorbemerkungen zur Aeneis: *est autem stilus [Aeneidos] grandiloquus,
qui constat alto sermone magnisque sententiis. Scimus enim, tria esse
genera dicendi: humile, medium, grandiloquum.* Was die Bedeutung
von *humilis* betrifft, vgl. zu Aen. 1, 118: *„in gurgite vasto." Tapi-
nosis est i. e. rei magnae humilis expositio. Prudenter tamen Virgilius
humilitatem sermonis epitheto sublevat; ut hoc loco „vasto" addidit,
item, cum de equo loqueretur, ait (2, 19): „cavernas ingentes."* Und
zu V. 177: *„Cerealiaque arma." Fugiens vilia, ad generalitatem
transit propter dignitatem carminis, et rem vilem auxit honestate sermonis, ut alibi, ne lucernam diceret, ait (G. 1, 391); „testa cum ar-
dente viderent scintillare oleum."*

Das erlauchte wollte er in Buch 2 und 3 behandeln; da er
nun erklärt, dass er stufenweise von diesem bis zum familiären
hinabsteigen werde, so musste er, nach Auseinandersetzung
des Unterschiedes zwischen mittlerem und gewöhnlichem vor
Behandlung der ausschliesslich dem letteren angehörenden
Dichtungsarten diejenige vornehmen, in welcher diese beiden
Vulgaria gemischt in Anwendung zu bringen sind, also die
Komödie. Da er mit diesem Namen sein grosses bekanntes
Gedicht belegt, so ist zu erwarten, dass er in demselben nicht
die erlauchte Sprache der Canzone angewendet, sondern pro-
vincielle und municipale Sprache gemischt haben werde. Die
Mischung der mittleren und der gewöhnlichen Vulgärsprache ist
ein Erforderniss der Reinheit des niedern Stils. Man müsste
nach Dante's Ausdrucksweise sagen: die *divina commedia* ist
nicht Italienisch geschrieben, sondern theils Toscanisch, theils
nur Florentinisch. Daher kommt es denn auch z. B., dass er
im Inferno 20, 130 *introcque* (unterdessen) gebraucht und
33, 60 *manicare* (= *mangiare*), während er *Vulg. eloq.* 1, 13
manichiamo introcque als Florentinismen anführt, dort wo er
mehre dergleichen Eigenheiten Toscanischer Municipaldialekte
zusammenstellt, um seinen Landsleuten, wie er sagt, etwas
den Pomp zu nehmen, mit dem sie sich als diejenigen brüsten,
welche das allgemeingültige Italienisch sprächen. Er verwirft
(2, 7) als für den Canzonenstil ungeeignet die besondern Wörter der Kindersprache, wie *mamma babbo*, — sie kommen in
der Komödie vor, auch *pappo* und *dindi*; die der Weibersprache, — in der Komödie: *nanna*; die des Landvolks, z. B.
greggia, — dies begegnet in der Komödie; die glatten und
struppigen Worte in der Stadtsprache, wie *femina* und *corpo*, —
beide sind in der Komödie gebraucht, letzteres häufig, auch
ersteres mehrmals; Wörter mit doppeltem x schliesst er von
den Canzonen aus, — in der Komödie fehlt auch Xerxes
nicht. Niemals würde Dante in einer Canzone volksthümlich
verkürzte Namen gebraucht haben, wie die in der Komödie
vorkommenden *Bice, Bindo, Lapo* u. A. [1]) Als im vierten

---

1) Vgl. Giov. Ponta bei Fraticelli, *Opere minori di Dante* t. 2.
1861. p. 125.

Buch abzuhandeln hebt Dante B. 2 Kp. 8 die Cantilene hervor. Während sie nämlich wie die Canzone aus gleichlangen Stanzen besteht, ist sie von derselben dadurch unterschieden, dass die Canzone ein tragisches Gefüge ist, die mit dem Verkleinerungswort so genannte Cantilene ein „komisches." Das Gedicht *Ai fals ris* aber ist nicht eine Cantilene, sondern eine Canzone, denn zwar redet er dort nicht ausschliesslich das illustre Italienisch, aber die Provenzalische Sprache, die er mit anwendet, ist gleichfalls illustres Vulgare, und das Lateinische, welches das dritte Element bildet, betrachtet er ja keineswegs als eine tiefer als dieses stehende Sprache. Zum mittleren Stile rechnet Dante auch die Ballaten und Sonette (2, 4); die ersteren stehen höher (2, 3). Ausser diesen beiden Arten von Gedichten wollte er *alios illegitimos et irregulares modos* behandeln (2, 3), welcher Ausdruck nicht jene beiden, sondern nur diese andern *modi* als illegitim und irregulär bezeichnen soll. Diese andern nun rechnete er gewiss zum elegischen Stil. Dahin gehörten z. B. Descorts mit Stanzen von ungleichem Bau. [1]) An einigen Canzonen von Bologneser Dichtern findet Dante (2, 12) einen Schatten von Elegie.

Vielleicht hat er im vierten Buche die ganze Untersuchung über die gebundene Rede zu Ende bringen wollen. Dann aber beabsichtigte er, wie der Anfang des zweiten Buches beweist, auf die Prosa zu kommen, für die er jedenfalls doch ein besonderes Buch bestimmt hatte. Zum Mindesten also auf fünf Bücher war die Schrift über die Volkssprache angelegt, [2]) und ist von derselben mithin nur etwa der dritte Theil fertig geworden. Schon Giov. Villani, Dante's Zeitgenosse, bemerkt, [3]) dass nur zwei Bücher dieser Schrift vorhanden seien.

---

1) Dante selbst machte auch ein Serventese, wie er mittheilt *Vita nuova* 6. Ueber diese Art von Gedichten vgl. *Leys d'amors* 1, 340. 354.

2) Boccaccio in der Lebensbeschreibung Dante's (s. die Stelle bei Fraticelli, *opere minori di Dante* t. 2. 1861. p. 121) behauptet mit Unrecht: ... *come per lo detto libretto [de vulg. eloq.] apparisca, lui avere in animo di distinguerlo e di terminarlo in quattro libri.*

3) Cron. Fior. 9, 136, bei Fraticelli a. a. O.

Prüfen wir nun nach den in dieser Schrift Dante's nieder-
gelegten Grundsätzen die von ihm selbst gedichteten Canzonen und die ihm von verschiedenen Abschreibern und Gelehrten beigelegten.

Als von Dante gedichtet, sind folgende Canzonen anzuerkennen, die meisten auf sein eignes Zeugniss hin, die andern aus inneren Gründen.

In die *Vita nuova* aufgenommen sind 5: *Donne che avete*
(auch *Vulg. eloq.* 2, 8 und 12 citirt), *Donna pietosa* (auch *Vulg.*
eloq. 2, 11 citirt), *Sì lungamente, Gli occhi, Quantunque.* Im Convivio behandelt sind 3: *Voi che intendendo* (auch Parad. 8', 37
citirt), *Amor che nella mente* (auch *Vulg. eloq.* 2, 6 und *Purg.*
2, 112 citirt), *Le dolci rime.* In der *Vulg. eloq.* citirt Dante
als von ihm verfasst (ausser den angeführten) noch 5: *Al poco*
giorno (2, 10 und 13), *Amor tu vedi* (2, 13), *Amor che muovi*
(2, 5 und 11), *Posciachè Amor* (2, 12), *Doglia* (2, 2). Durch
innere Gründe erweisen sich unbestritten als von Dante gedichtet: *La dispietata, E m' incresce, Io son venuto, Così nel*
mio parlar, Amor dacchè, sämmtlich unter keinem andern als
unter Dante's Namen handschriftlich vorkommend. Die letztgenannte wird noch durch Dante's Brief an Malaspina gesichert.
Was die Canzone *Ai fals ris* betrifft, für die in den bekann-
ten Handschriften theils Dante als Verfasser genannt wird,
theils Niemand, so ist der einzige aus der Sprachmischung
entnommene Gegengrund gegen Dantesche Abfassung unzu-
reichend, so dass wir diese nicht mit Fraticelli und Giuliani
für zweifelhaft, sondern mit Witte, dem auch Mahn beitritt,[1])
für gesichert halten. Auch die Canzone *Tre donne,* die in
Handschriften Dante und keinem andern beigelegt wird, sehe
ich mit Witte, Fraticelli, Giuliani als von demselben verfasst an.

Da es auch für unsere gegenwärtige nur auf die Form
der Canzone gerichtete Zusammenstellung nicht ohne Interesse
ist, die Zeitfolge zu wissen, in welcher diese Canzonen verfasst sind, so gebe ich hier kurz meine auf eingehendere
Untersuchungen gegründete Ansicht. In Bestimmung der

---

1) Jahrbuch der Deutschen Dantegesellschaft, Bd. I, S. 173.

Canzonen VI. XIII. XIV. des Convivio folge ich den feinen Beobachtungen Witte's.

Zur *Vita nuova* gehörig:	Zum *Convivio* gehörig:
1. *La dispietata.*	I. 8. *Voi che intendendo,*
I. 2. *Donne che avete.*	II. 9. *Amor che nella mente.*
II. 3. *Donna pietosa.*	III. 10. *Le dolci rime.*
III. 4. *Sì lungamente.*	IV. 11. *Al poco giorno.*
IV. 5. *Gli occhi.*	V. 12. *Io son venuto.*
V. 6. *Quantunque.*	VI. 13. *Così nel mio parlar.*
7. *E' m' incresce.*	VII. 14. *Amor tu vedi ben.*
	VIII. 15. *Amor che muovi.*
	IX. 16. *Al fals ris.*
	X. *Traggemi della mente.*
	XI. 17. *Poscia ché Amor.*
	XII. . . . . . .
	XIII. 18. *Tre donne.*
	XIV. 19. *Doglia.*

Spätern Datums 20. *Amor daochè.*

Diese zwanzig Canzonen sind nun nach den in der *Vulg. eloq.* angegebenen Gesichtspuncten folgendermaassen zu ordnen. Ich drücke jede Stanze durch eine Formel aus. Ein grosser Buchstabe bedeutet einen elfsilbigen Vers, ein kleiner Buchstabe einen siebensilbigen. Nur einmal kommen fünfsilbige Verse vor; sie sind durch unterstrichene kleine Buchstaben bezeichnet. Die überhängenden Buchstaben bedeuten Binnenreim. Der Reimfolge entspricht hier die Buchstabenfolge. Die Diesis ist durch Semikolon angezeigt; die Stollen sind durch Kolon in Beziehung zu einander gesetzt, ebenso die Wenden. Von den Summanden geben die ersten beiden die Versanzahl der zwei Theile, die andern beiden die Silbenanzahl derselben Theile. Die Nummern links beziehn sich auf die eben gegebene Canzonenliste nach der Zeitfolge.

11) I. ungetheilt. *Al poco giorno.* Formel s. oben S. 33.

  II. zweitheilig. Aufgesang und Abgesang.

    1. Beide Theile wieder zweitheilig, also viertheilige Stanze.

     8 + 6 | 88 + 66. *ABBC : ABBC; CDD : CEE.*

 2)   *Donne che avete.*

2. Ein Theil wieder zweitheilig, also dreitheilige Stanze.

    A. Abgesang zweitheilig.

        Metopische Stanze: Stirn, zwei Wenden.

        a. Stirn kürzer als Abgesang.

            $4 + (6[+x?]) \mid 40 + (40+x)$. $AbBC; CdD:CeE$? [1]

X)   *Traggemi.*

        b. Stirn ebenso lang wie Abgesang.

            $6 + 6 \mid 66 + 66$. $ABAACA$; $ADD:AEE$.

14)   *Amor tu vedi.*

    B.. Aufgesang zweitheilig.

        Syrmatische Stanze: zwei Stollen, Schweif.

        a. Schweif kürzer als Aufgesang.

           α. dreizeilige Stollen. Elfsilbige Stollenzeilen.

            $6 + 5 \mid 66 + 47$. $ABC:BAC; cDEcD$.

16)   *Ai fals ris.*

           β. vierzeilige Stollen.

              א. mit je einer siebensilbigen Stollenzeile.

            $8 + 6 \mid 80 + 51$. $ABbC : ABbC$; $CDdEE$.

13)   *Così nel mio.*

             $8 + 7 \mid 80 + 69$. $AbBC:AbBC$; $CDdEFeF$.

15)   *Amor che muovi.*

             ב. mit lauter elfsilbigen Stollenzeilen.

            $8 + 6 \mid 88 + 62$. $ABBC:ABBC$; $DEeDFF$.

4)   *Sì lungamente.*

           γ. sechszeilige Stollen. Mit je zwei siebensilbigen

              Stollenzeilen, je einer fünfsilbigen.

            $12 + 7 \mid 104 + 65$. $A\underline{a}^aBbcD:A\underline{a}^aBbcD$; $dEeFGgF$.

17)   *Posciachè Amor.*

        b. Schweif länger als Aufgesang

           α. dreizeilige Stollen

              א. mit je einer siebensilbigen Stollenzeile.

            $6 + 8 \mid 58 + 84$. $AbC:AbC$; $CDEdFFEE$.

7)   *E' m'incresce.*

---

1) Nur ungefähre Formel. *AbBC* oder *ABbC*, da Dante in vier-
zeiligen Stollen oder Wenden keine andere Reimordnung, auch an
keiner andren Stelle als in einer der mittleren oder in beiden mittleren
kürzere Zeilen hat.

6 + 9 | 58 + 95. *AbC*:*AbC*; *CDdECDDEE*.

20)
    Amor dacchè.

mit Umstellung der Reime im zweiten Stollen.

6 + 7 | 58 + 73. *AbC*:*AcB*; *BDEeDFF*.

6)
    Quantunque.

ב. mit lauter elfsilbigen Stollenzeilen.

6 + 7 | 66 + 73. *ABC*:*ABC*; *CDeEDFF*.

1)
    La dispietata.

6 + 7 | 66 + 73. *ABC*:*ABC*; *CDEeDFF*.

12)
    Io son venuto.

6 + 8 | 66 + 80. *ABC*:*ABC*; *CDdEeEDD*.

3)
    Donna pietosa.

6 + 8 | 66 + 84. *ABC*:*ABC*; *CDEeDEFF*.

5)
    Gli occhi.

mit Umstellung der Reime im zweiten Stollen.

6 + 7 | 66 + 77. *ABC*:*BAC*; *CDEEDFF*.

8)
    Voi che intendendo.

β. vierzeilige Stollen.

א. mit je zwei siebensilbigen Stollenzeilen.

8 + 10 | 72 + 98. *AbbC*:*AbbC*; *CDdEeFEfGG*.

18)
    Tre donne.

mit Umstellung der Reime im zweiten Stollen.

8 + 12 | 72 + 120. *AbBc*:*BaAc*; *CDEeDdDFfEGG*.

10)
    Le dolci rime.

ב. mit lauter elfsilbigen Stollenzeilen.

8 + 10 | 88 + 106. *ABBC*:*ABBC*; *CDEeDFDFGG*.

9)
    Amor che nella mente.

γ. fünfzeilige Stollen. Mit je zwei siebensilbigen Stollenzeilen und Umstellung der Reime im zweiten Stollen.

10 + 11 | 47 + 101. *ABbCd*:*ACcBd*; *DeeFfGHhhGG*.

19)
    Doglia.

Anzahl siebensilbiger Verse in einer Stanze (die Geleite besonderer Form lassen wir hier überall ausser Betracht, um sie nachher für sich zu behandeln):

einer in *Amor che nella, Gli occhi, Io son venuto, La dispietata, Sì lungamente.*

zwei in *Aì fals ris, Donna pietosa.*

drei in *Amor dacchè, Così nel mio, Quantunque.*

vier in *Amor che muovi, E' m' incresce.*

sieben in *Le dolci rime, Posciachè Amor, Tre donne,*

neun in *Doglia.*

Fünfsilbige finden sich nur in *Posciachè Amor*, und zwar zwei, neben sieben siebensilbigen und zehn elfsilbigen.

Ueberall sind die elfsilbigen in Mehrzahl gegenüber den kürzeren Versen.

Der Anfangsvers ist überall elfsilbig.

Ausschliesslich elfsilbige Verse in *Al poco giorno, Amor tu vedi, Donne che avete, Voi che intendendo.*

Versanzahl der Stanzen:

6 zeilig *Al poco giorno,*

12 zeilig *Amor tu vedi,*

13 zeilig *Aì fals ris, Così nel mio, Io son venuto, La dispietata, Quantunque, Voi che intendendo,*

14 zeilig *Donna pietosa, Donne che avete, E' m' incresce, Gli occhi dolenti, Sì lungamente.*

15 zeilig *Amor che muovi, Amor dacchè,*

18 zeilig *Amor che nella, Tre donne.*

19 zeilig *Posciachè Amor,*

20 zeilig *Le dolci rime,*

21 zeilig *Doglia.*

Stanzenanzahl der Canzonen:

1: *Sì lungamente* (unvollendet),

2: *Quantunque,*

3: *Aì fals ris,*

4: *Voi che intendendo,*

5: *Amor che nella mente, Amor che muovi, Amor dacchè, Amor tu vedi, Donne che avete, Gli occhi, Io son venuto, La dispietata, Tre donne.*

6: *Al poco giorno, Così nel mio, Donna pietosa, E m' incresce.*

7: *Doglia, Le dolci rime, Posciachè Amor.*

Das Geleit (die *tornada* der Provenzalen) ist in dem fertig gewordenen Theil von Dante's *Vulg. eloq.* nicht besprochen.

Jene Canzonen ergeben folgende Thatsachen. Ohne Geleit sind *Donna pietosa*, *Posciachè Amor*, *Quantunque*, diese letzte nur aus zwei Stanzen bestehend. Als volle Stanze tritt das Geleit auf in *Amor che nella* und *Donne che avete*. Nur ein Theil der Formel des Abgesanges ist für das Geleit ausgelassen bei *Voi che intendendo*, wo die Stanzen $ABC : BAC$; $CDEEDFF$, das Geleit $GHIHGIIKK$, und bei *Amor che muovi* unter Verlängerung der kürzeren Verse, nämlich die Stanzen $AbBC : AbBC$; $CDdEFeF$, das Geleit $GHHI : GHHI, KK$. Es wiederholt die Formel des Abgesangs in *Amor dacchè*, *Così nel mio*, *Doglia mi reca*, *E' m' incresce*, *Io son venuto*, *Tre donne*, die des Endstückes des Abgesanges in *La dispietata*, wo der Abgesang $CDeEDFF$, Geleit GHH. Selbständigeres Geleit in folgenden dreien: *Le dolci rime*: $AbBc : BaAc$; $CDEeDdDFfEGG$, Geleit $HhI : KkI$. *Gli occhi*: $ABC : ABC$; $CDEeDEFF$, Geleit $GHhIIH$. *Ai fals ris*: $ABC : BAC$; $cDEeD$, Geleit $FGgHH$. In den letzteren beiden Geleiten je ein siebensilbiger Vers, im Geleit von *Le dolci rime* zwei siebensilbige. Ausser in *Al poco giorno* und *Amor tu vedi*, welche in jeder Hinsicht von den andern Canzonen abweichen,[1]) haben die Geleite überall neue Reimklänge, nicht die der vorhergehenden Stanze. Nur in Geleiten kommt es in allen diesen Canzonen vor, dass ein Vers unbegleitet bleibt, nämlich der Vers, der im Zusammenhang der Stanze zur Reimverknüpfung des Abgesanges mit dem Aufgesang dient und innerhalb des Abgesanges selbst meist keine Begleitung erhält; solch einen unbegleiteten Vers haben die Geleite in *Ai fals ris*, *Così nel mio*, *Doglia*, *E' m' incresce*, *Gli occhi*, *Io son venuto*, *La dispietata*, *Tre donne* (in *Io son venuto* und *Così nel mio* Anlehnung durch Assonanz: *altro armo*, *onna ola*).

Vergleichen wir nun die Form derjenigen Canzonen, welche Dante beigelegt worden sind, jetzt aber aus andern als formellen Gründen demselben von den neuesten Herausgebern des Danteschen Canzoniere, Fraticelli (2ª ed. 1861) und Giuliani (1863) abgesprochen werden, sowie drei andere, bisher von uns bei Seite gelassene, welche von diesen beiden

---

1) S. 33 und 36.

Herausgebern als von Dante verfasst angesehn werden, nämlich *Io sento sì*, *Morte poich 'io*, und *O patria degna*. Diese
drei werden handschriftlich Dante beigelegt, die letztgenannte,
heisst es, auch einem Andern; von allen jenen übrigen finden
sich mit Dante's Namen bezeichnet in Handschriften nur zwei,
nämlich *Folli pensieri* und *Posciach' i" ho perduto*, diese aber
auch unter eines Andern Namen.

Bei unserer Vergleichung haben wir die Sextine und
die sogenannte Doppelsextine *Amor tu vedi*, mit welchen beiden Canzonen es eine ganz besondere Bewandniss hat, unbe-
rücksichtigt zu lassen. Nur die beiden Sextinen *Amor mi
mena* und *Gran nobiltà* sind mit der Sextine Dante's *Al poco
giorno* ·vergleichbar. Bereits Witte hat erstere beide diesem
Dichter abgesprochen, weil dieser sich nicht in dem Grade
copirt haben würde, dass er noch zwei andere Sextinen mit
ganz denselben Stichworten verfertigte, was ferner nicht rein
durchgeführt sei, da *colli* als Plural von *collo* und von *colle* und
als Conjunctiv von *cogliere* vorkomme, *pietra* als Substantiv
und als Theil des Zeitworts *impetrare*, endlich weil in jedem
der beiden Geleite drei der Stichworte fehlen [1]) (und zwar
jedesmal dieselben).

Gleichfalls von Witte ist auch schon bemerkt worden,[2])
es sei nicht glaublich, dass die Canzone *Perchè nel tempo rio*
von Dante herrühre, da sie mit einem Heptasyllabus anfange
und überdies die einzelnen Stanzen zur vollen Hälfte aus
Heptasyllaben zusammengesetzt seien.

Bei Dante stehn nie ·mehr als zwei siebensilbige Verse
neben einander, in *Oimè lasso* drei: *AbC : AbC; cddEFeF*.

Die beiden Canzonen *Giovene donna* und *L'alta virtù* haben
völlig gleiche Formel: *ABc : ABc; CDEeDD*. Da nun Dante
sonst in der Formel jeder seiner Canzonen etwas dieser einzelnen Eigenthümliches zeigt, so würde man immer nur geneigt
sein können, eine der beiden ihm zuzuschreiben. Vielmehr aber
gehört ihm keine von beiden. Denn nicht nur, dass hier Auf-

---

1) Dante's lyr. Gedichte übers. von Kannegiesser und Witte.
2. Aufl. 1842. Th. 2. S. LVI f.
2) Ebd. S. LIII. f.

gesang und Abgesang gleich viel Verse haben, was bei Dante
nur in der von vorn herein hier bei Seite zu lassenden Canzone *Amor tu vedi* der Fall ist, sondern es ist ausserdem bei
gleicher Verszahl der beiden Theile (6 + 6) die Silbenzahl un-
gleich (58 + 62), während bei Dante, abgesehn von der Gleich-
heit sowohl der Verszahl als der Silbenzahl in *Amor tu vedi,*
nur Ungleichheit in beidem vorkommt, und zwar derart, dass
auf der Seite, wo die grössere Verszahl ist, auch die grössere
Silbenzahl ist, und wo die kleinere Silbenzahl, auch die kleinere Verszahl.

Weder in der Praxis noch in der Theorie findet sich bei
Dante ein einzeiliger oder ein zweizeiliger Zusatz zur Schluss-
wende jeder Stanze, wie derselbe in folgenden Canzonen vorkommt.

Einzeiliger Anhang, gereimt auf den letzten Wendenvers:
*AB*ᵇ*C:AB*ᵇ*C*; *CDDE:CDDE, E. Morte poich' io.* [1]
ABc:ABc; *CDdE:EDdE, E. La bella stella.*
ABCABbC; *CDdE:EFfG, G. Nuova figura* (dies Fragment
einer Canzone bei Fraticelli S. 322 f., der kein Urtheil hin-
sichtlich der Verfasserschaft abgibt).

Zweizeiliger Anhang, neues Reimpaar:
AbC:AbC; *CDDE:CDDE, FF. Io sento sì.*
ABbC:ABbC; *CDdE:CDdE, FF. Posciach' i' ho perduto.*

Nur für ein Geleit braucht Dante die Reimformel dieser
beiden Abgesänge, in *Amor che muovi.* In *Posciach' i' ho*
geht das Geleit wie der Abgesang, ebenso in *La bella stella*;
in *Morte poich'io* und *Io sento sì* füllt es je eine Stanze.

Da unbegleitete Verse (abgesehen vom Geleit) in keiner
Danteschen Stanze vorkommen, und nur die Anknüpfungszeile
des Schweifes innerhalb desselben meist keinen Begleitvers
hat, so erscheint es als undantisch, dass in *Io non pensava*
der Ausklang in jeder der beiden siebensilbigen Zeilen ver-
einzelt ist: *ABBC:BAAC*; *DeDFgF.* Vier vereinzelte Ausklänge in *L'uom che conosce: ABbA : ABbA*; *CᶜDᵈE·FˢGG.*
Hier gleicht dies freilich der Binnenreim wieder aus.

<hr>

1) Die vier Stanzen ausser der Geleitstanze beginnen jede mit
Morte, also *coblas capdenals* nach *Leys d'amors* 1, 282, eine Figur,
die bei Dante nicht vorkommt.

Aber dieser selbst ist so reichlich angewendet, wie Dante es sich nicht gestattet. Nur in einer Canzone hat er ihn, und nur in je einem Verse der beiden Stollen, und zwar gewiss um dem vorhergehenden Verse, dem einzigen nur fünfsilbigen der bei Dante vorkommt, wiederum Gewicht zu geben dadurch, dass ihm ungewöhnlich schnell ein Reim antwortet. Dantisch klingt daher auch nicht die Canzone *Non spero che giammai*: $A\,^aB\,c\,^cD : A\,^aB\,c\,^cD; \; E\,^eFeff\,F : E\,^eFeff\,F.$

Niemals kommt in jenen Canzonen Dante's ein Vierzeiler mit gekreuzten Reimen vor wie in *L'alta speranza*: $ABBA$; $CdC : DcD$, wo auch nur viererlei Reim, während Dante sonst mindestens fünferlei in der Stanze hat. Ferner

L'uom che conosce: $ABbA : ABbA$; $C\,^cD\,^dE\,^eF^fGG.$

Perchè nel tempo: $aBb\,A : b\,A\,a\,B$; $CcDdeE.$

Bei den beiden letztangeführten Canzonen, an denen wir vorher schon anderes von Dante's Gebrauch Abweichendes hervorzuheben hatten, ist auch noch das auffällig, dass, während Dante nie mehr als zwei Reimpaare unmittelbar nebeneinander stellt, hier in der binnenreimenden Canzone fünf Paare zusammenstehn, in der andern wenigstens auch drei. Gleichfalls drei in *I' non posso celar*:[1] $ABC : ABC$; $CDdEeFF$, und im Geleit von *Io miro i crespi*, welche Canzone im übrigen völlig Dantisch gebaut ist: $ABBC : ABBC$; $CDEeDFfGG.$ Geleit: $ABbCcDD.$ Vier solcher Paare in *Folli pensieri*:[1] $ABbC : ABbC$; $cDdEEfFGG.$

Letzgenanntes Lied hat zehn Stanzen, während in jenen Danteschen Canzonen die höchste Stanzenzahl sieben ist, ein Umstand, der nicht unbeachtet bleiben darf, da die provenzalische Dichtkunst nicht mehr als sieben Stanzen gestattet für die Canzone, während, was die Provenzalen *Vers* nennen, zehn zulässt.[2]

Durch grosse Einförmigkeit sticht die Canzone *O patria degna* gegen die Danteschen ab. $AbC : AbC$; $CDdEFfEGG.$ Im Abgesang dreimal dieselbe dreizeilige Reimordnung *abb*, nach einem gleichfalls aus Dreizeilern bestehenden Aufgesang.

---

1) Bei Kannegiesser: Dante's lyr. Gedichte. 1827. S. 230.
2) *Leys d'amors* 1, 340. 388.

Gut Dantisch sieht von allen hier in Rede stehenden Canzonen ausser *Io miro i crespi* nur noch eine einzige Formel aus: *AbC : AbC; cDEDeFF. Dacchè ti piace.* Wo auch die Nachbarschaft von Ausklängen wie *- orte - orto* St. 1, *- iro - ire* St. 5 nicht des Vergleichbaren bei Dante entbehrt, *- ore - ora* in *Le dolci rime* St. 1, *- ane - ano* in *Doglia* St. 4. Und während bei *Io miro i crespi* das Geleit nicht die Dantische Beweglichkeit zeigte, gibt hier auch das Geleit zu keiner Ausstellung Anlass. Es lautet: *EDEDeFF*, also wie der Abgesang, nur dass dessen erster Reim, der an den Aufgesang anknüpft, fallen gelassen wird (wie in der vorherbesprochenen Canzone *Giovene donna*, wo der Schweif *CDEeDD*, das Geleit *EDEeDD*), eine Erscheinung, die wir allerdings bei Dante nicht finden, die aber dessen Theorie nichts weniger als entgegen ist und der Unabhängigkeit des Geleites von einem Aufgesang durchaus entspricht. Uebrigens wird uns Dante's Name für diese Canzone von keiner Handschrift geboten, auch nicht durch innere Gründe empfohlen; eine Handschrift nennt Cino von Pistoja als Verfasser.

Halle, Druck der Waisenhaus-Buchdruckerei.